시니어 신무협 장편소설
ORIENTAL FANTASY STORY & ADVENTURE

일보신권

9

dream
books
드림북스

일보신권 9
숫돌이 불러온 참극

초판 1쇄 인쇄 / 2010년 10월 19일
초판 1쇄 발행 / 2010년 10월 29일

지은이 / 시니어

발행인 / 오영배
편집장 / 김경인
편집 / 윤대호, 신동철
펴낸 곳 / (주)삼양출판사 · 드림북스

주소 / 서울특별시 강북구 송천동 322-10호
대표 전화 / 02-980-2112 팩스 / 02-983-0660
편집부 전화 / 02-980-2116 팩스 / 02-983-8201
블로그 / blog.naver.com/dreambookss

등록번호 / 제9-00046호
등록일자 / 1999년 3월 11일

© 시니어, 2010

값 8,000원

ISBN 978-89-542-3975-2 04810
ISBN 978-89-542-3281-4 (세트)

* 지은이와 협의하에 인지는 생략합니다.
* 잘못된 책은 구입한 곳에서 바꾸어 드립니다.

시니어 신무협 장편소설

ORIENTAL FANTASY STORY & ADVENTURE

일보신권

9

숫돌이 불러온 참극

一步神拳

dream
books
드림북스

일보신권

목차

제1장

떠나는 분위기?

겨울답지 않게 화창한 날이 연일 계속되던 중이었다.

겨우 하루 만에 소림에서는 많은 일이 있었다.

우내십존 네 명이 쌀벌레 고르는 일에 무력을 과시하며 치졸한 일을 벌이기도 했고, 들끓는 혈기를 주체하지 못한 세가의 젊은이들이 장건에게 도전하기도 했다.

딱히 별일 아닌 것 같은 사소한 일들.

그러나 파장은 그리 작다고 할 수 없었다.

우내십존 중 일인인 환야 허량은 별로 기분이 좋지 않은 얼굴로 두 사손을 앞에 두고 있었다.

소림에서 내어 준 아담한 숙소의 방 안에는 금방이라도 터질 듯한 무거운 분위기가 팽배했다. 무당의 중견 고수인 청우와 청인은 내색하지 않고 있었으나 불만어린 표정이 역력하다.

반로환동하여 두 사손보다 어려 보이는 허량이 입술을 이죽거리며 말을 꺼냈다.

"둘 다 입이 댓자나 나와 있구나. 나한테 뭐 할 말 있냐?"

겉으로 보기에는 젊은 청년이 나이도 지긋한 중년인들에게 막말을 하는 것처럼 보인다.

청우와 청인이 길게 한숨을 내뱉으며 고개를 저었다.

"저희가 무슨 할 말이 있겠습니까."

"없습니다."

허량이 코웃음을 쳤다.

"봐라, 너희들 얼굴을. 그게 어디 아무 할 말이 없는 사람의 얼굴이냐?"

"커험험. 저희는 아무 생각도 없는데 사조님께서 그리 느끼셨다면 이유가 있는 거겠지요."

청우의 말에 허량의 눈썹이 꿈틀거렸다.

"네놈들 생각이야 뻔하지. 내가 괜히 장건이란 녀석과 한판 붙어보라 해서 괜히 무당이 우습게 되었다, 이거 아니냐."

"도문(道門)에 있는 자가 세간의 평판에 일희일비하는 것이 어찌 옳은 일이겠습니까마는……."

"……까마는?"

"애초에 소림의 어린 제자와 저희가 비무를 한다는 것이 타당한 일은 아니었던 듯합니다."

"웃기고 있네."

청우보다 나이가 어림에도 오히려 도인의 기품이 넘쳐 보이는 청인이 진중한 목소리로 말했다.

"사조님."

"듣고 있다. 말해라."

"이런 말씀 드리기는 좀 그러합니다만, 장 소협의 위명이 강호를 울리고 있다 해도 소림의 속가제자 신분입니다. 그에 비해 저희는 무당에서도 낮지 않은 위치에 있지요. 이런 비무를 하여 누가 우위에 서든 무당에는 조금의 이득도 될 일이 없지 않겠습니까?"

청우가 약간의 불만을 담고 한마디를 더했다.

"솔직히 지금 소림이 어디 소림입니까? 말만 천하제일이지, 정말 천하제일이라고는 할 수 없지 않습니까. 애송이들까지 소림을 어떻게든 구워삶아보려는 마당이지요."

소림의 명성이 예전같지 않은데 굳이 자신들이 속가제자와 비무를 해 소림의 격을 높여줄 필요가 없다는 뜻이다.

허량이 코웃음을 쳤다.

"네가 지금 세가의 어린 녀석들이 꾸민 일을 두고 하는 말인가 보구나. 그 녀석들이 우리보다 먼저 비무를 성사시켜서 무당이 우습게 되었다 하는 것이지?"

청우와 청인이 뭐라고 대답하기도 전에 허량이 먼저 언성을 높였다.

"이놈아, 닭 쫓던 개가 된 게 어디 내 탓이냐? 세가의 늙은 놈과 어린 녀석들이 협잡(挾雜)을 부린 탓이지!"

"이번 일로 조사들께서 쌓아온 무당의 명성에 흠집이 생길까 우려될 따름입니다. 더욱이 그 자리에 화산의 제자까지 있었다 하니, 화산과의 사이도 염두에 두지 않을 수 없습니다."

허량이 픽 하고 웃는다.

"그래. 그래서 너희들의 생각은? 그냥 이쯤에서 물러섰으면 좋겠다는 것이냐?"

청우가 답했다.

"어차피 장 소협의 몸 상태가 그리 좋지 않다고 합니다. 불민한 소손들의 생각에, 저희가 지금이라도 조용히 물러난다면 적어도 더 이상의 추문에 휘말릴 일은 없지 않을까 합니다."

청인이 덧붙였다.

"몸 상태가 좋아지길 언제까지 기다릴 수도 없고, 저희도 장문의 명을 받고 온 것이니 하루빨리 사문으로 돌아가야 하지 않겠습니까."

갑자기 허량이 벌떡 일어서더니 손을 털었다.

"그래. 그러자."

"……네?"

"진심이십니까?"

"무당으로 돌아가자고."

장건과 비무를 해야 한다고 아득바득 우길 때는 언제고, 이제는 너무 쉽게 돌아가겠다는 것이다.

평소 허량의 성격으로는 결코 있을 수 없는 일이었다.

그런 성격을 잘 아는 청우와 청인이 어리둥절해 하며 서로의 얼굴을 마주 보았다.

허량이 혀를 찼다.

"내 지난번엔 진심 반, 농담 반으로 한 말이었다. 그런데 지금은 그게 아니니 돌아가겠다는 게다."

"그게…… 아니라니요?"

"너희 둘이 건이와 붙으면 그래도 승산이 있다 생각했다만, 지금은 안 그렇다는 얘기다. 백이면 백 너희가 질 게 뻔하니까. 너희들 말대로 괜히 소림의 격만 올려줄 뿐이지."

묘하게 승부욕을 자극하는 말이다.

청우와 청인이 그간 강호에서 쌓아온 명성이 적지 않다. 무당에서도 알아주는 실력인 둘은 남존무당(南尊武當)이라는 말에 걸맞게 강호에서도 최고의 고수로 손꼽힌다.

아무리 둘이 수양도사라 하더라도 한낱 아이에게 질 거라고 한다면 자존심이 상할 수밖에 없는 것이다.

청우가 발끈하여 대꾸하려 하는데 청인이 소매를 끌어 말렸다. 심사가 뒤틀려 일부러 비꼬고 있다는 걸 안 까닭이다.

숨을 고른 청우가 다시 말했다.

"그런 말로 저희를 끌어들이려 하셔도 소용없습니다."

청인이 끼어들었다.

"그렇습니다. 저와 청우 사형이 동시에 이 대 일로 겨루는 것 자체가 무당에 누를 끼치는 일이지 않습니까."

"쯧. 내 말을 오해하는구나. 그럼 이렇게 다시 말하마. 그나마 처음엔 너희들이 건이와의 비무를 통해 배울 게 있을 거라고 생각했다만, 지금은 그렇지 않다는 얘기다."

"사조님, 장 소협의 무위가 그렇게 뛰어난다 한들 아무렴 저희가……."

허량이 고개를 가로저었다.

"내가 녀석을 처음 봤을 때, 그 녀석은 내게서 태극경을 훔쳐…… 아니, 태극경을 흉내 내는 수준에 불과했었다."

"태극경을요?"

"태극경은 본문의 무공을 익혀야 가능한 공부가 아닙니까! 흉내를 내고 싶다고 가능한 수법이 아닐 텐데요?"

무당에서도 완전한 태극경을 펼치는 이는 흔치 않다. 흉내만 내는 수준이라 할지라도 태극권을 거의 구성까지는 익혀야 하는 것이다.

"뭐, 그때는 그랬다 치고."

허량이 쩝 하고 입맛을 다셨다.

"한데 오늘 아침에 본 녀석은 이미 태극경을 흉내내는 수준을 벗어나 있었다. 심지어 태극경을 이용해서 섬절(閃絶)을 펼치기도 하더구나."

청우와 청인의 눈이 휘둥그레졌다.

"섬절이라면 당가의 일절로 꼽히는 암기술이잖습니까!"

"태극경과 섬절은 전혀 다른 뿌리를 가진 공부인데 어떻게 그럴 수가……!"

"그러니까 소림에서 애지중지 하는 괴물이지. 막말로 그놈 하나에 소림의 미래가 달려있다 해도 과언이 아니니까."

애지중지와 괴물이란 말은 서로 어울리지 않았지만, 역설적 이게도 청우와 청인은 그만큼 어울리는 말도 없다는 생각이 들었다.

청우와 청인은 반신반의 하면서도 은근히 투지가 끓어오르 는 것을 깨달았다. 하지만 허량이 손을 흔들어 둘의 투지를 억 눌렀다.

"관둬라. 관두라고 일부러 말한 거다. 본문의 태극경과 다 른 유파(流波)를 경험할 수 있는 기회는 이미 지났다."

왠지 청우와 청인은 아쉽다는 표정이었다. 자신들이 그렇게 말을 꺼냈으니 돌아가긴 해야 할 텐데, 허량의 말을 듣고 보니 한번 손을 섞어 보고 싶다.

허량이 둘의 모습을 보며 웃었다.

"무당이 단순한 도문이 아니라 무림문파인 것은 도인이기 이전 에 무인이기도 한 까닭이니라. 이놈의 무인이라는 족속들은 자신 보다 강한 놈 혹은 희한한 놈과 싸우려는 못된 버릇이 있지. 그런데 이번엔 정말 아니니, 생각을 거두는 게 좋을 것이다."

"으음……."

"너희들도 장건이 놈이 문각 선사의 진전을 이었다는 건 알지?"

"예."

"지금 상대한다면 너희들도 세가의 젊은 핏덩이들과 똑같은 꼴이 날 거다. 비무에서 얻는 경험이고 뭐고 아무것도 없어. 그냥 무당이 못났다는 사실만 증명시켜줄 뿐이야. 설사 너희들이 녀석을 패배시킨다 해도 그만큼의 대가를 치러야 한단 말이다!"

청우와 청인은 허량의 눈치를 살폈다. 허량이 말하는 투를 보아하니, 처음 한 말과는 달리 자신들이 장건에게 완전히 진다는 얘기는 아닌 모양이다.

그러나 정말 말 그대로 '무엇인가' 대가를 치러야 하는 듯하다.

'도대체 그게 뭘까?'

'사조님께서 애들처럼 삐치셔서 무조건 반대로 말씀하시는 것도 아닐 테고.'

둘의 생각을 읽은 허량이 인상을 썼다.

허량은 자리를 박차고 일어나 소리를 쳤다.

"이놈들이 존장이 하는 말을 믿지 못하고 뱁새눈을 해? 이놈들아, 진짜야! 비무고 나발이고, 이제 그냥 돌아가자고. 개

망신 당하기 전에! 검왕이라고 잘난 척하던 놈도 콧대가 주저 앉았는데, 너희들이라고 별수 있을 거 같아?"

＊　　　＊　　　＊

"이, 멍청한 놈……."

검왕 남궁호는 침까지 질질 흘리며 침상에 누워있는 남궁상을 보자 분통을 터뜨렸다.

"온갖 망신을 당하면서까지 자리를 만들어 놨더니, 이게 무슨 꼴이냐!"

하지만 기절한 듯 잠에 취한 남궁상이 남궁호의 목소리에 반응할 리 없었다.

"끄응."

아무리 생각해도 이 같은 일은 남궁호조차 이해하기 어려웠다.

직접 상대해 본 장건에 대한 평가는 현재 남궁호가 가장 잘 내릴 수 있다.

장건의 성취는 대단히 높다. 그저 단순히 강하다고 하는 것 이상의 무언가가 있다. 나이를 고려하지 않고 단순히 무인 대 무인으로 봐도 손에 꼽힐 정도의 수준에 오른 것이다.

하지만 그것도 어디까지나 몸이 멀쩡한 상태일 때나 그러하다.

장건은 자신을 상대할 때 모든 내공을 소모했다. 운기조식으로 급히 몸을 추슬렀다 해도 평소 능력의 십분지일도 채 낼 수 있는 상태가 아니었다.

그럼에도 팽탁, 남궁상 그리고 모용전까지 나자빠졌다. 심지어 검성의 제자인 문사명은 스스로 상대하기를 포기했다고 한다.

'평범한 삼류 무인도 아니고 제대로 무공을 배운 녀석들이 아닌가. 그런데도 내공이 없는 상대에게 졌다?'

셋 중에서도 모용전이라면 분광검이라는 별호를 얻을 정도로 실력이 있다.

강호에서 별호를 얻는다는 것은 대외적인 활동이 많아 인정을 받았다는 의미이다. 그만큼 실전도 능하고 실력도 갖춘 것이 모용전이다.

그런데도 손 한 번 못 대보고 졌다.

"도무지 이해할 수가 없구나."

한탄같은 남궁호의 말에 침상 옆에 무표정하게 서 있던 남궁지가 말했다.

"멀쩡했어요."

"음? 뭐가 말이냐?"

"장건……"

"뭐라고? 자세히 말해 보려무나."

남궁지가 담담히 설명했다.

"평소와…… 전혀 다르지 않았어요."

"그럴 리가! 그놈이 무슨 방법으로 내공을 다 회복했단 말이냐?"

그사이 소림에서 꿍쳐 두었던 대환단이라도 하나 먹였을까?

남궁호는 불쑥 장건을 찾아가 보고 싶은 충동을 느꼈다.

도대체 어떻게 원기를 회복했는지 궁금하다.

그러나 지금 찾아가는 것은 여러 정황상 무리다. 괜히 남의 눈총이나 받고 말 것이 분명하다.

"으으음."

남궁호가 침음성을 흘리며 남궁지를 쳐다보았다.

남궁지는 예의 표정 없는 듯한 표정 속에 무언가 대답을 종용하는 눈빛으로 남궁호를 보고 있었다.

"그래. 네 문제도 남았지."

끄덕.

남궁지와 문사명의 사이를 말하는 것이다.

남궁호는 잠시 말을 고르며 침묵을 지키다가 고개를 돌렸다.

'어차피 소림의 천기는 본가에 이어져 있지 않다. 그렇다면 화산과 연을 대 두는 것도 좋겠지.'

세가와 문파 간 사이가 좋지 않은 것이 마음에 걸리지만 목을 매고 있는 건 남궁지가 아니라 문사명이다. 잘만 이용하면 오히려 득이 될 수 있을 듯하다.

생각을 마친 남궁호가 말했다.

"조건이 있다."

남궁지는 남궁호가 무슨 말을 할지 알고 있다는 듯 고개를 끄덕였다.

"그렇게 할 거예요. 할아버님의 기대에 부응하겠다고……
했으니까요."

남궁호는 새삼 감탄했다.

'지아가 남자 아이였다면…….'

하지만 남자였더라도 저런 붙임성 없는 기괴한 성격으로는
천하를 주름잡지는 못했을 것이다.

차라리 지금 이대로 문사명이라는 기재를 휘어잡는 것이 오
히려 남궁지의 역할인지도 모른다.

"알겠다."

남궁호의 대답에 남궁지가 고개를 끄덕였다.

"준비할게요."

앞뒤 말을 다 잘라먹고 하니 남궁호도 남궁지의 말을 다 알
아듣기가 어렵다.

아마도 짐을 꾸리겠다는 뜻인 듯하다.

"상이는 어쩌고?"

"……알아서 오겠지요."

남궁호는 쓴웃음을 흘렸다.

어차피 무당이나 화산이나 지금 상황에서 서로 껄끄럽기는
마찬가지다. 이대로 조용히 떠나는 것이 상책이긴 하다. 남궁
지는 아마도 거기까지 염두에 둔 모양이다.

"그래. 끌고 가든 업고 가든, 데리고 가기만 하면 되겠지.
준비하거라. 슬슬 소림을 떠날 때가 된 것 같구나."

장건은 얻지 못했지만 대신 화산의 기대주 문사명을 얻었다. 그것만으로도 어느 정도의 성과는 있는 셈이다.

하지만 남궁호는 만족할 수 없었다.

'언강이의 총애를 받는 문사명을 얻는다면 본가는 앞으로 화산과 함께 커나갈 수 있을 거다.'

남궁호는 철저히 잇속을 따져보았다.

아직 남궁세가는 구대문파에 비할 바는 아니다. 구대문파와 팔대세가 간의 사이가 좋지 않은 것도 사실이다. 그러나 화산과 남궁가가 사돈지간이 된다면 얘기는 달라진다.

이미 남궁상의 철없는 행동을 윤언강이 어느 정도 용인한 것으로 보아, 윤언강도 남궁지와 문사명의 관계를 알고 있을 것이다.

머잖아 화산이 크면 클수록 남궁가를 끌어줄 수 있는 관계가 될 터. 운이 좋다면 구대문파와 팔대세가를 잇는 가교 역할을 담당해 강호에서 남궁가의 입지가 더욱 확고해질 수도 있다.

'그렇다면……'

무당은 도문의 성향에 더 치우쳐 있어 평소에도 강호의 행사에 크게 관여하지 않으니 화산의 앞을 막지 않을 것이다. 또한 남궁가의 경쟁자이던 당가는 이번 소림 사태로 인해 크게 가세가 기울어 당분간은 일어서기 어렵다.

현재로서는 화산과 남궁가가 크는 데에 방해될 만한 요소는 하나뿐이다.

'소림!'

윤언강이 젊을 적부터 얼마나 소림을 넘고 싶어 했는지 남궁호는 잘 안다. 천하오절이던 문각 선사의 사후 하락세에 있는 소림을 완전히 끌어내릴 기회만 얻는다면 화산은 천하제일 문파가 될 수 있다.

현재 소림이 현재 가장 기대고 있는 이는 장건이다. 백년에 한 번 날까 말까한 기재라는 문사명도 장건의 명성에 눌리고 있는 판이다.

"그 녀석이 가장 문제로군."

남궁호는 화산과 남궁가의 발전에 가장 큰 불안요소가 될 장건을 생각하며 조금은 안타까워했다.

"그 골칫덩이를 본가로 들일 수 있었다면 그만한 이득도 없었을 터인데…… 쯧."

얻지 못하면 부수어야 한다.

소림이든 장건이든.

확실하게…….

*   *   *

문사명은 스승의 앞에 고개를 조아렸다.

"죄송합니다."

윤언강의 표정은 나쁘다.

사태가 일파만파가 되었지만 결국 아무런 득도 보지 못했다. 좋지 않은 소리만 듣고 결국 장건의 이름값만 높여준 꼴이 되고 말았다.

"어쩔 수 없는 일이지."

"제자, 입이 열 개라도 드릴 말씀이 없습니다."

"일이 이렇게 된 게 어디 네 탓이더냐. 장건이란 녀석이 우리의 예상을 뛰어넘은 탓이지."

　문사명이 묵묵히 고개를 끄덕였다.

　내상까지도 입었다던 장건이 멀쩡히 나타나 본래의 무위를 보인 것은 분명 예상에 없던 일이었다.

　윤언강이 고개를 슬쩍 좌우로 까딱였다.

"한데 말이다. 내가 이상하게 여기는 것은 네 행동이다. 한번 겨뤄보지도 않고 포기했다는 것이 의아하구나. 아무리 멀쩡했다 하더라도 네가 그 애에게 그렇게나 밀릴 거라고는 생각하지 않는다만."

　문사명이 어두운 표정으로 대답했다.

"조금의…… 빈틈도 없었습니다. 제자가 보기엔 그러했습니다."

"흐음."

　윤언강이 보기에 문사명은 철비각 종유를 상대하면서 장건의 벽을 실감한 것 같았다.

　자신은 거의 동수를 이룬 상대를 어렵지 않게 쓰러뜨린 장건이다. 당연히 기가 눌릴 수밖에 없었을 터다.

"어쩔 수 없는 일이지."

윤언강은 쓴웃음을 허공에 흘리고 말았다. 오래전 자신이 홍오에게 벽을 느낀 그때처럼 문사명도 같은 기분을 느끼고 있는 듯했다.

그 이후 윤언강은 강호의 절대자로 거듭났지만, 그래도 소림을 끌어내릴 수는 없었다. 예전의 명성만이 남아있다고는 해도 소림은 아직까지 천하제일의 자리를 지키고 있었다.

우내십존 중의 몇이나 와서 분탕질을 쳤으니 보통의 문파였다면 이미 망했어도 크게 이상한 일이 아닐 텐데, 소림은 다 쓰러져가는 서까래를 붙들고도 아직 버티고 있지 않은가.

그러나 문사명은 아직 좌절하지 않았다.

두 눈에 활활 타오르는 의지는 적어도 그가 포기하지 않았음을 보여주는 것이었다.

윤언강은 흐뭇하게 웃었다.

언젠가는 문사명이 자신을 대신해 화산을 무림 최고의 문파로 만들리라.

"사명아."

"예, 사부님."

"난 네가 잘 해낼 거라 믿는다. 반드시 극복하고 내게 다시 돌아올 거라 굳게 믿는다."

문사명은 종유의 말을 기억하고 있었다. 그리고 자신이 성장하기 위해서는 사부의 품을 벗어나 험한 세상에 홀로 나서야 한다는 것을 깨달았다.

그리고 윤언강 또한 같은 생각을 하고 있었다.

문사명은 그대로 큰절을 올렸다.

윤언강이 고개를 끄덕이며 문사명의 어깨에 손을 얹었다.

윤언강의 눈에 회한이 그득하다.

'나도 이제는 과거에서 벗어날 때가 되었나……'

씁쓸하다.

'홍오……'

이제는 더 이상 신경을 쓸 필요가 없는 모양이다. 이미 홍오는 예전의 그가 아니라 곧 세상을 떠날 듯 죽어가는 늙은 중일 뿐이니까.

'그래. 가자. 이제 내가 할 수 있는 건 이 녀석이 커가는 모습을 지켜보는 것뿐이로구나.'

윤언강.

그도 소림을 떠날 시기가 되었다는 걸 깨달았다.

언젠가는 반드시 다시 돌아올 것을 기약하면서.

*　　　*　　　*

소림을 떠나려 하는 사람들은 단순히 장건과 얽힌 이들뿐만이 아니었다.

장도윤은 상단에서 온 급보를 받고 초조해하던 중이었다.

"끄응, 이를 어쩐다."

상단에 생긴 문제는 결코 작은 문제가 아니었다. 그 같은 일이 하필 자신이 자리를 비운 때에 생겼다는 것도 큰일이다.

일의 비중을 생각한다면 지금 돌아가도 늦을 판인데, 그럴 수가 없다는 것이 또 장도윤의 문제였다.

장건이 무려 무당과 청성같은 거대 문파의 고수들과의 비무를 앞두고 있기 때문이었다.

상단의 주인인 그는 무림에 아주 문외한은 아니었다. 하지만 무림의 일은, 특히나 구대문파 같은 대문파의 얘기는 까마득히 먼 세상의 일이나 다름없었다.

천하에서 손꼽는 상단에서 높은 자리를 차지하고 있는 그조차도 구대문파 출신의 호위무사를 구하는 일은 하늘의 별따기였다.

특별한 연이 닿아야 한시적으로 초청할 수 있는 정도였지, 고용은 꿈도 꾸지 못했다.

그런데 그런 엄청난 문파의 고수들과 장건이 비무를 벌이게 되다니! 오히려 장건에게 앞다투어 도전을 하다니!

아무리 장건이 소림에서도 인정하는 무인이 되었다고는 해도 걱정이 되지 않을 리가 없는 것이다.

"아버지, 왜 그래요?"

아무것도 모른 채 순진무구한 눈망울로 바라보는 장건의 모습에 장도윤은 애가 탔다.

"음, 그러니까 말이다……."

장도윤은 잠시 고민했다.

장건에게 상단의 일을 말해주어야 하나, 말아야 하나.

저 순진한 아이에게 아비의 짐을 지우고 싶지 않은 것도 사실이다. 가능한 한 자신이 아들의 방패가 되어 세파를 막아주고 싶기도 하다.

하지만 장건의 나이도 벌써 열여섯.

이제 2년 후면 장건도 집으로 돌아와 상단을 이어받아야 한다. 무림만큼이나 상인의 길도 험난하기는 마찬가지다. 마냥 오냐오냐하면서 키울 수는 없는 노릇이다.

이미 소림에서, 그것도 산에서 너무 오래 산 탓인지 장건은 보통 아이보다 세상 물정에 어둡지 않은가!

열여섯이 아니라 소림으로 떠나던 여덟 살 그대로 멈춘 듯하다.

'그래. 덮어 둔다고 좋은 게 아니지. 건이도 알 때가 되긴 했어.'

고심 끝에 장도윤이 말했다.

"실은 상단에 일이 생겼단다."

"예? 상단에요?"

"그래. 이미 납품이 결정된 품목에 대해 다시 수량을 조절해야겠다고 통보가 왔다는 구나. 관납(官納)의 양이 크긴 하지만 그게 상단에 크게 영향을 미칠 정도는 아닌데……."

"다른 게 또 있어요?"

"가장 큰 일은 올해 우리 상단에 허가된 염인(鹽引)을 취소하고 다시 경합을 해 공개 입찰을 하겠다는 거다. 너도 알다시피 소금 전매는 우리 상단의 가장 큰 이문을 가져다주는 사업이지 않으냐."

장건은 눈을 말똥거렸다.

그러고 보니 소림으로 오기 전 수레에 가득가득 싣던 소금들이 기억났다. 그때는 아까운 줄도 모르고 소금 수레에 물을 뿌리며 크기가 줄어드는 걸 마냥 신기해하기도 했다. 꾸중은 듣지 않았지만, 지금 생각하면 부끄러운 일이었다.

"염인은 워낙 큰 나라의 사업이라 우리 상단 말고도 다른 큰 상단 몇 개에 나누어 배정되는 것이 오래된 관례였단다. 한데 이제 와서 우리 상단의 판매권을 두고 공개 입찰하겠다니…… 아무래도 조정에 범상치 않은 일이 생긴 것 같다."

"그럼 어떻게 해요?"

장건도 부친의 말을 듣고 보니 걱정이 되었다. 상단의 일을 잘 알아서 그런 게 아니라 부친이 걱정하고 있다는 사실이 더 걱정된다.

"뭐, 별일이야 있겠느냐. 일단 가서 무슨 일인지 알아봐야지."

"그럼 빨리 가 보셔야 되는 거 아녜요?"

"그렇지."

대답을 한 장도윤이 장건을 물끄러미 바라보았다.

"내가 정말 돌아가도 되겠느냐?"

"아버지가 없으면 섭섭하긴 하겠지만…… 어차피 저도 금방 돌아갈 건데요, 뭐."

"인석아, 너 고수들과 비무를 해야 한다지 않았냐. 아비가 없어도 정말 괜찮겠어?"

"그게 왜요?"

겁이 없다고 해야 할까, 아니면 몰라서 그런 것일까?

장건의 배포에 장도윤은 혀를 내둘렀다.

"무섭지 않으냐?"

장건은 장도윤이 왜 무섭냐고 묻는지 잘 이해하지 못했다.

"제가 무서운 건 사람을 다치게 하는 거예요."

"자칫하면 네가 다칠 수 있는데?"

장건은 그 말에 빙긋 웃었다.

소림에 와서 크게 다친 적이 몇 번이나 있었다. 죽는 건가 싶은 순간도 있었다. 하지만 그런 일을 모두 겪고 나니 이상하게도 두려움이 없어졌다.

다치고 나니 안 다치는 법을 알게 되었다고나 할까?

"걱정 마세요. 정말 다칠 것 같으면 도망가면 돼요. 그리고 지금은 전처럼 크게 다칠 일도 없어요."

그런다고 장도윤이 안도할 리는 없었지만 장건은 자신 있게 말했다.

"저는 무슨 일이 있어도 2년 있다가 멀쩡하게 집으로 돌아갈 거예요. 그러니까 아버지도 제 걱정 말고 빨리 가서 일 보세요."

"그래도 걱정이 되는 걸 어쩌겠니."

"정말 그렇게 걱정되시면 비무 같은 거 안 할게요. 방장 대사님께 부탁드려서 안 하도록 해 볼게요."

세상 일이 그렇게 쉽지 않다는 건 장도윤이 더 잘 안다. 무인들의 자존심과 체면 때문에 장건을 두고 오늘 같은 일이 벌어지지 않았는가.

장도윤이 한숨을 내쉬며 말했다.

"맘 같아서야 당장 널 데리고선 돌아가고 싶구나."

장건은 놀라서 딱 잘라 대답했다.

"안 돼요! 제가 10년 동안 여기 있지 않으면 큰일 난다면서요."

"그깟 돈이야 있다가도 없는 것이고, 또 없으면 어떠냐. 내 금오 스님의 말만 듣고 너와 네 어미를 생이별을 시켰으니, 내가 죄인이 된 듯하구나."

"네? 돈이요?"

장건의 눈이 휘둥그레졌다.

"네 사주가 그렇다지 뭐냐. 들어오는 것보다 나가는 것이 더 많은 팔자라지. 밑 빠진 독에 물 붓는 것처럼 말이다."

"어라? 전 여태까지 제가 여기 안 있으면 집안에 큰 변고가 생긴다고 알았었는데요."

"변고?"

"아니, 그러니까…… 사람들이 다…… 으음, 횡사를 당한다 고요."

부모가 다 죽는다는 이야기를 하기는 장건도 기분이 좋지 않았다.

그 얘기를 들은 장도윤이 '하하' 하고 웃었다.

"그런 얘기는 없었던 것 같은데. 네가 어릴 때라 달래느라 고 그런 얘기를 한 것 같구나."

"아아, 그랬어요? 난 또……."

장도윤이 웃으며 은근히 말했다.

"그럼 애비랑 이참에 같이 집으로 돌아갈 테냐? 금오 스님 께서는 네가 고승과 함께 살아야 악재를 막을 수 있다고 했는 데, 지금 보니 딱히 그런 듯하지도 않아 보이는데 말이다."

장건이 정색을 했다.

"절대 안돼요! 돈이 나간다는데요!"

"엥?"

장건은 부르르 몸까지 떨었다.

이제껏 굉목과 함께 살면서 돈에 치인 적은 없다. 하지만 돈 은 곧 재화다. 어떤 물건하고도 바꿀 수 있는 가치를 지닌 것 이 바로 돈이다.

제대로 사용해서 나가는 것도 아니고, 쓸데없이 줄줄 샌다 는 것은 장건에게 공포나 다름없는 것이었다.

"돈이 나가는 팔자만큼 무서운 게 어디 있어요? 그리고 전

노사님하고 함께 있진 않지만 대신 노사님이 주신 이 부적을 매일 들고 다녀요. 그래서 집에 문제가 없는 걸 거예요."

사실은 집이 아니라 소림에 문제가 있다는 걸 장건은 몰랐다.

"그, 그렇구나."

왠지 소림의 재정적 위기가 장건 때문인지도 모른다는 생각을 했던 장도윤은 괜히 가슴 한구석이 찔렸다.

"여기요."

장건은 굉목이 준 오래된 주머니를 들어 보였다.

"이게 그 부적이에요."

"음? 그건……."

장도윤은 한 눈에 그것이 사향주머니임을 알아보았다. 오래되어 향도 나지 않지만 중이 소지하고 있을 만한 물건은 아니었다.

"그걸 누가 주셨다고?"

"굉목 노사님이요."

"아아, 널 이제까지 돌봐주신 그 스님 말이로구나."

"네. 겉으로는 엄청 무뚝뚝하신데 저한테는 되게 잘해주세요."

"그러고 보니 제대로 감사하다는 인사도 못 드렸다. 그 부적은 아무래도 스님께는 사연이 있는 귀한 물건인 듯하니 잘 보관하다가 돌려드리려무나."

"당연하죠! 노사님과 다시 같이 살게 되면 돌려드릴 거예요."

이미 돈이 줄줄 샐 거라는 얘기를 들은 장건은 사향주머니가 소중하다는 듯 품에 집어넣었다.

장도윤은 낮은 숨을 내쉬고는 장건에게 말했다.

"너도 이젠 애가 아니니 잘 하겠지. 대신 2년 뒤에 꼭 건강하게 돌아와야 한다. 위험한 일은 절대 하지 말고. 알았지?"

"물론이죠."

"그래. 그럼 애비는 오늘이라도 당장 차비를 꾸려서 떠나야겠다. 입찰 공고 날까지 도착하려면 꽤 촉박하겠어."

"염려마세요. 어머니한테도 저 잘 있다고 꼭 전해주시구요."

"무슨 일 생기면 곧바로 집에 연락하고."

못내 걱정이 되는지 장도윤은 몇 번이나 장건에게 몸조심하라 당부했다.

그런 장도윤에게 장건은 자신 있게 대답했다.

"걱정 마시라니까요? 저도 이제 다 컸잖아요."

왠지 그 말이 더 불안한 장도윤이었다.

*   *   *

미래에 장건의 신부가 될지도 모르는 몇몇 이들의 배웅만 받으며 급히 장도윤이 소림을 떠나고 난 후.

소림에 몰려든 사람들에게 큰 실망을 주는 소림의 공식 발표가 있었다.

장건이 방장에게 직접 부탁해 비무를 하지 않게 해 달라고 요청했다는 것이다.

이미 세가 쪽에서 장건과 억지로 비무를 한 사실이 알려지면서 '앞으로 어떻게 될까' 하고 기대를 한 이들에게는 지극히 실망스러운 일이었다.

더구나 문사명이 비무를 포기하고 떠난다는 소식이 알려지고 무당까지도 비무 요청을 철회하고 돌아간다 하자, 기대감은 완전히 무너졌다.

청성에서는 아직까지 확답을 하지 않고 있었으나 그것도 곧 없던 일이 될 터였다.

무당을 비롯하여 화산과 남궁가까지 철수한다는 얘기가 돌면서 소림에 몰려들었던 이들도 슬슬 떠날 준비를 했다. 어차피 더 이상 소림에 머물러 봐야 별 볼일이 없었다.

배필을 만난 이들은 소기의 목적을 달성한 셈이나 마찬가지였고, 장건을 목표로 왔던 이들도 백리연이 돌아서면서 이미 포기한 지 오래였다.

단지 소림을 떠날 구실이 필요했던 것뿐이었다.

"에이, 뭐 재미난 구경 좀 하나 했더니."

"그러게 말야. 거 아무래도 찜찜하구만. 왜 장 소협이 비무를 안 하겠다고 한 거야?"

"그것도 그렇지만, 기다리고 있었다는 듯이 무당에서 포기한 것도 이상하지 않은가?"

"그야 남궁가와 팽가, 모용가의 젊은 애들이 먼저 초를 쳐버렸으니 괜히 끼고 싶지 않아서겠지. 아무래도 명성이나 배분에서 그쪽과는 차이가 있는데 굳이 비무를 하겠다 하면 어른이 애들 놀이에 끼는 셈이 되지 않겠나.”

“일리가 있구먼. 애들이 애들 놀이로 만들어 버렸다, 이 말이지?”

“그렇다네. 무당이 괜히 무당이겠는가 말일세. 체면불구하다가 독선 꼴이 나느니 이쯤에서 점잖게 물러서는 것이 무당이란 이름에 어울린다는 생각이 드네.”

“아무튼 볼 건 다 본 것 같으니 나도 사문으로 돌아가야겠어.”

“언제 또 만나게 될지 모르겠구먼. 조심히 돌아가게. 아 참, 서 소저와 잘 된 것 축하하고.”

“하하핫! 고맙네.”

그렇게 몰려들었을 때만큼이나 썰물처럼 사람들이 빠져나가는 듯한 분위기가 조성되자, 가장 환호하는 이는 다름 아닌 소림의 재정을 책임진 도감승 굉정이었다.

“만세! 건이 만세! 부처님 만세!”

방장 굉운이 아이처럼 좋아하는 굉정을 보며 웃었다.

“그리 좋은가?”

“아, 물론이죠. 아마 근 십 년 내에 이렇게 좋은 적은 또 없었을 겝니다.”

“허허, 사람 참.”

어떻게 그 수많은 입들을 챙겨야 하나 늘 노심초사하던 굉정이었다. 없는 살림 쪼개가며 군식구들을 먹여 살려야 했던 그에게는 누가 돌아간다더라, 할 때마다 기뻐 환호성을 지를 지경이었다.

"이제 더 이상 사람이 몰릴 일은 없겠지? 암. 그래야지. 그래야 하고말고."

글썽.

굉정의 노안에 눈물까지 맺혔다.

그러면서도 굉정은 웃고 있었다.

당장에 입을 반만 줄여도 지출을 걱정할 일은 없었다. 공양간의 공양승들이 추운 날 언 손을 녹여가며 산을 헤맬 필요도 없는 것이었고.

겨울이라 곡식으로 바꾸지 못한 희사품들도 쌓여 있으니, 나가는 것만 줄어들면 앞으로는 풍족할 게 틀림없다.

'참 희한한 일이야. 요 몇 달 들어온 희사가 수년간 들어온 것보다 많았는데도 나가는 게 더 많아서 이리도 곤궁해지다니. 이 시련도 다 부처님의 뜻이던가.'

어쨌거나 개방의 거지들과 친구할 일은 없게 된 것만으로도 굉정은 기쁘기 한량없었다.

*　　　*　　　*

"정말 안 가실 겁니까?"

"……."

"아가씨, 생각 좀 해보세요. 아까 배웅을 나갔을 때에도 그 꼬마는 아가씨 얼굴 한 번 안 돌아봤다구요. 그런데 뭐하러 소림에 남아 있어요? 차라리 모용가의 애송이가 마음에 든다면 그쪽이나 잘 해보세요."

호위무사의 잔소리를 듣던 양소은이 벌컥 화를 냈다.

"시끄러워! 지금 생각 중이잖아!"

"아, 더 생각하고 말 게 뭐 있어요? 그런 비리비리한 꼬마가 뭐가 마음에 든다구요. 아유~ 난 젖비린내 나서라도 같이 못 놀겠던데."

"그러니까 생각 중이라잖아!"

호위무사가 구시렁대며 양소은처럼 그녀의 옆에 쪼그리고 앉았다. 그리고는 한탄처럼 혼잣말로 말했다.

"아가씨처럼 몸매 좋고 미모도 안 빠지고, 무공도 출중한데다 집안……은 좀 그렇고…… 성격……도 에에, 좀 그렇지만. 아무튼 별로 꿀릴 것도 없는 분이 뭐하러 그런 애한테 목을 매요, 매길."

"……왠지 꿀리는 게 많은 것처럼 들리는 건 내 착각이겠지?"

"착각이시죠. 착각이 아니면 지금 제 머리가 남아있질 않았겠죠."

"그래. 그건 맞는 말이야."

"그러니까, 전 왜 아가씨가 애간장까지 태우면서 이러고 계셔야 하는 건지 궁금하다고요."

양소은이 턱을 괴고 멀리 짐을 꾸려 떠나는 이들을 바라보며 중얼거렸다.

"그건 나도 궁금해."

"그냥 우리도 짐 싸서 가죠?"

"근데 말야."

"또 할 말이 남아있으세요?"

"너 말대로 내 성격도 좀 문제지만, 그것보다 울 아버지 성격이 많이 문제잖아?"

"그야 당연한 얘기죠."

"내 볼 땐 모용전 정도로는 울 아버지를 감당하기 어려울 것 같단 말이지."

"그럼 장가 꼬마 놈은 감당할 것 같구요? 아이고, 말도 마세요. 저쯤이나 되면 모를까."

양소은이 고개를 돌려서 빤히 호위무사를 보았다.

"죽을래?"

호위무사가 넙죽 고개를 숙였다.

"아뇨. 계속 말씀하세요."

양소은이 주먹을 쥐고 손바닥을 탁탁 치며 다소 상기된 얼굴로 말했다.

"나도 좀 편하게 살아보고 싶다 이거야! 울 아버지한테 안

꿀리고, 그러면서도 나한테는 좀 꿀리는 남자를 휘어잡아서. 무슨 말인지 알겠어?"

"지나가는 아낙네 젖가슴 주무르듯…… 아니, 떡 주무르듯 마구마구 주무를 수 있는 그런 남자가 필요하다는 거 아닙니까."

"……뭔가 이상하지만, 그래, 바로 그 말이야. 그러면서도 너무 남자다워서 내가 가끔 주눅 들게 만드는, 그런 남자. 건이가 지난번에 애들 떼거지로 때려잡고 백리연까지 날려버리는 거 봤지? 아! 그 땐 정말 나도 가슴이 두근거리더라고. 하지만 지금 건이는 너무 어려. 완전 애잖아."

"그렇죠. 성숙한 누님의 ……를 모르는……."

양소은이 퀭한 눈으로 호위무사를 째려보았다.

"무슨 말이 하고 싶은 거냐, 너. 중간에 왜 말이 비냐?"

"제 얘기는!"

호위무사가 갑자기 한숨을 내쉬며 고개를 떨구었다.

"이미 백리연이라는 초절정의 경쟁자가 옆에 있으니 아가씨가 좀 어렵지 않겠는가 하는 겁니다. 네네, 결론적으로는 그렇다는 얘기죠."

"휴우."

양소은도 고개를 떨구었다.

"그러게 말야. 그년은 자존심도 없나. 그렇게 처맞고도 뭐가 좋다고 헤벌레거리면서 쫓아다녀?"

호위무사는 왠지 풀죽은 양소은이 불쌍했는지 어깨를 조심스럽게 토닥이는 시늉을 했다.

"……혹시 아나요. 사람 일이라는 게 앞날을 모르는 거고. 한 2년 지나면 백리연이 어떻게 될지 또 모르는 거고, 장가 꼬마가 멋진 남자로 확 커버릴지도 모르는 거죠."

"그래. 뭐 그렇겠지. 휴……."

양소은은 복잡한 심정으로 한숨을 토하며 팔짱을 끼우고 그 위에 턱을 얹었다.

단단하고 매끄러운 팔뚝과 달리 수심에 찬 얼굴이 한없이 안쓰러워 보였다.

멀리 소림을 떠나는 이들의 뒷모습이 양소은의 두 눈에 희미하게 어른거렸다.

"나도…… 떠날 때가 된 건가……."

제2장

방랑하는 청춘

   의도치 않게 일인전승의 문파가 된 천룡검문.

   그 천룡검문의 유일한 후계자이자 삼십사대 천룡검주가 된 고현은 부모의 무덤을 떠난 후에도 마음을 추스르지 못하고 한동안 술독에 빠져 지냈다. 발길 닿는 대로 산천을 쏘다니며 술을 마셨다.

   부모의 원수를 갚겠다고 이십 년 동안 지옥 같은 수련을 했다. 그런데 원수는 이미 죽었고, 원수가 몸을 담았던 문파는 와해되었다.

   심지어 사문의 보검을 타 문파의 무인에게 보이고 허가증까지 만드는 수모를 당했다.

이제 관의 수배령은 철회되었지만 고현은 어디로 가야 할지, 자신이 뭘 해야 할지 알 수가 없었다.

"크으!"

붉게 충혈된 눈으로, 고현은 은으로 만든 술잔을 우그러뜨렸다.

우직!

술을 따르던 기녀가 기겁하며 뒤로 엉덩방아를 찧었다.

"술을 더 가져와! 술을!"

"이제 그만 드시지요, 공자님. 벌써 몇 동이나 드셨는데요."

"다 필요 없으니까 술 가져와! 돈이라면 얼마든지 주겠어!"

고현은 소매에 손을 넣어 금원보 하나를 꺼냈다. 그리고는 벽을 향해 던졌다.

푹.

당연히 벽에 부딪쳐 땅으로 굴렀어야 할 금원보는 깊숙이 박혀 보이지도 않았다.

얼굴이 파랗게 질린 기녀는 재빨리 자리를 떴다. 고급 기루에서도 혼자 독채를 차지한 재력(財力)은 둘째 치고, 더 이상 술을 먹도록 내버려두었다가는 큰일이 날지도 몰랐다.

기녀는 지배인에게 달려갔다.

"청죽실(靑竹室)에 아무대로 사단이 생길 것 같아요."

"청죽실이면 후줄근한 검을 든 젊은 녀석이었지 않으냐."

"네. 그런데 무공이 엄청난 것 같아요. 만취하면 무슨 일이 벌어질지 모르겠어요. 숙부님들을 모셔 와야 돼요."

"대낮부터 젊은 놈이 무슨…… 에잉, 알았다. 내 바로 조치할 테니 넌 그동안 조용히 술이나 가져다 주거라."

젊은 사람이니 무공이 세 봐야 얼마나 셀까마는, 알만큼 아는 기녀가 기루의 장정들이 아니라 '숙부'가 필요하다 했으니 그만한 조치를 취해야 할 것이었다.

"제갈가는 전 가주가 자리에 누워 뒤숭숭하니 안 되겠고…… 양가장이나 황보가에 말을 해봐야겠는데……."

황보가의 실력은 나쁘지 않지만 여타의 문파들처럼 지저분한 일에 얽히는 걸 꺼려했다. 양가장은 장주의 성격이 개차반이라 불안하긴 하지만, 남궁가와의 계속된 알력다툼 때문에 최근에는 돈 되는 일을 많이 하는 편이었다.

그나마 이곳이 일반 서민들은 문간조차 밟을 수 없는 고급 기루이다 보니 무림세가와 어느 정도의 연이 닿아 있는 것이었다. 보통의 기루였다면 그들은 술 마실 때를 제외하고는 발길도 하지 않는다.

지배인은 잠시 고민하다 곧 양가장으로 사람을 보냈다.

얼마 지나지 않아 양가장에서 젊은 무인 둘이 왔다.

지배인이 청죽실에 호출을 해 기녀를 방에서 나오도록 하고, 무인들을 들여보냈다.

그사이 술 세 병을 더 비워버린 고현은 벌게진 얼굴로 방문에 선 두 무인을 쳐다보았다.

"너희들은 뭐냐. 술을 가져오랬더니 남자를 데려왔어? 술동

무는 필요 없으니 술이나 가져와라."

양가장의 두 무인이 짧은 단창을 손에 들고 나직한 목소리로 위협했다.

"형씨, 많이 마신 것 같은데 이만 일어서지?"

고현은 피식 하고 웃어버렸다.

"몹쓸 기루로구만? 손님이 돈을 내고 술을 마시겠다는데 감히 잡배를 불러 쫓아내려 들다니."

"잡배라고 했느냐!"

한 무인이 단창을 들고 성큼 다가섰다.

"우리가 어디에서 온 줄 알고!"

무인이 고현이 술을 마시고 있는 상을 발로 차 뒤엎으려 했다.

탁!

그러나 상은 무슨 바위라도 되는 듯 꿈쩍도 하지 않았다. 발로 상을 걷어찼던 무인은 정강이가 깨지는 듯 아팠지만 내색도 못하고 끙끙댔다.

고현은 상을 누르고 있던 손가락을 떼며 말했다.

"어디에서 온 놈들인지 내 알 바 아니니, 썩 꺼지지 않으면 혼이 날 줄 알아라."

"이놈이!"

무인이 단창을 거꾸로 들고 고현을 후려치려는데, 고현이 손가락을 튕겼다.

그 순간.

와지끈! 쿠당탕탕!

어느샌가 고현에게 덤벼들었던 무인은 대나무 그림이 그려진 문을 부수고 나동그라져 있는 상태였다.

"엇?"

다른 무인은 순식간에 얼어붙었다.

무슨 일이 있었는지 보지도 못했는데 나가떨어졌다.

'어, 엄청난 고수!'

그러나 물러설 수는 없었다. 밖에 나가 맞고 와도 장주에게 혼이 날 테지만, 싸우지도 않고 물러나면 더 처절하게 맞을 게 분명했다.

무인이 고현을 쳐다보며 이를 악물었다.

고현은 작은 탄성을 냈다. 분명한 실력 차를 보여주었는데도 물러나지 않고, 겁을 먹은 기색도 없다.

"호오? 두렵지 않은가 보군?"

"우리가 세상에서 제일 무서운 것은 장주님뿐이다. 네 녀석, 어떤 문파에서 온지는 모르겠지만 본장을 건드린 걸 후회하게 될 거다."

"어디에서 왔다고?"

"양가장이다."

"양가장? 내가 벌써 산동까지 온 건가?"

고현은 강호의 정세에 밝은 편이 아니었으나 술을 마시며 방랑하는 동안 기녀들에게 이것저것 주워들은 게 많았다.

"그렇군. 양가장이라면 우내십존에 버금간다는 신창이 있는 곳이지."

"잘 아는구나. 우리 장주님의 성격을 알고서도 이런 짓을 벌였으니……."

무인은 말을 채 끝내지도 못했다.

쉬이이익-!

갑작스레 고현의 주위에 뿌연 수증기가 피어올랐다.

"흡!"

무인은 아찔할 정도의 취기를 느끼며 입을 막았다.

고현이 자리에서 일어서며 소매를 한 번 휘젓자, 수증기는 삽시간에 창밖으로 빨려나갔다.

술에 취해 벌게져있던 고현은 순식간에 멀쩡한 얼굴이 되어 있었다. 무인은 마른침을 꿀꺽 삼켰다.

'얼마나 심후한 내공을 지녔기에 이만한 취기를 단번에 몰아낼 수 있는 거지?'

고현은 검까지 차분히 챙겨들고는 무인에게 손짓했다.

"안내해라. 신창을 만나봐야겠다."

*　　　*　　　*

천룡검문도 처음부터 일인전승의 문파였던 것은 아니었다. 다만 문하생을 소수만 받아들이고 강호의 일에 거의 나서지 않아 그리 유명세를 타지 못한 것뿐이었다.

대대로 소수에 불과했던 천룡검문의 제자들은 개개가 중소 문파의 장로, 장문급과 상대해도 밀리지 않을 만큼의 무위를 지니고 있었다. 천룡검문의 문주는 가히 당대의 천하제일을 논해도 부족하지 않다 자부할 수 있었다.

그러나 오백 년 전, 마교의 대대적인 강호 침공에 여타의 문파들이 그러했듯 천룡검문도 쇠락의 길을 걷고 말았다. 유독 제자가 소수이다 보니 순식간에 그 맥이 끊겨버리게 되고 만 것이다.

당시 문주이자 삼십삼 대 천룡검주였던 일기세는 마지막으로 남아 가파른 절벽의 동굴에서 후세를 위한 준비를 하며 여생을 마쳤다. 그때에 남긴 천룡검문의 진전을 오백 년이 지난 후에 고현이 사사하게 된 것이었다.

일기세는 죽을 당시 천룡검문의 제자가 극히 소수이고 강호에서 교류를 하지 않아 마교의 총공세 때 타 문파의 도움을 받지 못한 것을 지독하게 후회했다.

본문의 신물인 천룡검의 주인이 될 자여! 그대는 내가 이루지 못한 뜻을 강호에 펼쳐 다시 한 번 천룡검문을 세상에 알릴지어다. 그때까지 그대는 비록 천룡검의 주인일 수는 있을지언정 천룡검문의 진정한 계승자라 자처해서는 안 될 것이다.

삼십삼대 천룡검주가 남긴 마지막 유명이었다.

고현은 완전히 취기가 가신 멀쩡한 얼굴로 깊은 회한에 잠겨들었다.

'난 참 바보 같았구나. 부모님의 원수를 다른 사람이 갚아주었다 해도 아직 내겐 할 일이 남아 있다. 천룡검의 위용을 세상에 알려 다시 천룡검문을 일으켜야 한다. 내 어찌 한 부모를 생각하고 또 다른 부모를 잊고 있었는가 말이다.'

그의 생명을 구하고 새로운 삶을 살게 해준 천룡검문은 또 다른 부모나 마찬가지였다.

고현은 며칠간의 방황을 정리하며 다시 한 번 마음을 다잡았다.

'신창은 당금의 절대자인 우내십존에 버금가는 고수라 알려져 있다. 내가 그를 꺾는다면 단숨에 천룡검문의 이름을 세상에 알릴 수 있을 거다.'

왜 진작 비무행을 하며 천룡검문의 이름을 세상에 알리지 않았을까, 하는 자책도 잠시.

고현은 곧 양가장이 멀리 보이는 지점까지 도달했다.

가문의 표식이 그려진 깃발들이 대궐처럼 웅장한 장원의 곳곳에 펄럭이니, 내로라하는 권문세가에 못지않은 위용이 엿보인다.

고현은 잠시 걸음을 멈추고 호흡을 가다듬었다.

실제 대련은 처음이었으나 두려움은 없었다.

천룡검법은 최고였다. 거기에 고현은 온갖 영약의 도움을 얻기까지 했다.

이번 대련은 고현에게 첫 실전임과 동시에 자신의 위치를 가늠해 볼 수 있는 기회가 될 것이었다.

진다는 생각은 조금도 들지 않았다. 고현은 자신감에 충만해 있었다.

"네놈, 후회하게 될 거다. 우리 장주님이 뒤끝까지도 끝내 주는 분이시거든? 네가 얻어맞는 정도로 끝나지 않는다는 쪽에 내 목을 걸겠다."

그를 안내한 무인이 으르렁거렸다. 고현은 피식 웃었다.

"당신의 목을 내가 얻어 봐야 무엇에 쓰겠는가."

"네놈의 이름을 말해라. 장주님께 고하겠다."

"나는……."

고현이 사문과 이름을 밝히려 하는데, 무언가 귀에 거슬리는 소리가 들려왔다.

"음?"

희미하게 병장기가 부딪히는 소리였다.

무인은 듣지 못한 모양인지 여전히 '장주가 어쩌고저쩌고' 하는 중이었으나, 고현은 분명히 들을 수 있었다. 고현이 안력을 돋우어 전방을 내다보았다.

사람 키보다 높은 양가장의 정문이 부서져 있었다.

"이런!"

고현은 경공을 전개해 한걸음에 양가장으로 달려갔다. 양가장의 무인은 따라올 생각도 못하고 멀뚱히 서 있을 따름이었다.

고현은 마음이 급해졌다.

'설마 나와 같은 생각으로 온 자가 있는 건 아니겠지!'

거의 눈 깜박할 찰나의 사이에 고현은 양가장에 도착했다.

그리고 양가장의 수화문을 단숨에 뛰어넘었다.

아니나 다를까! 그곳 정원에서 격전이 벌어지고 있었다.

양가장의 무사들이 정원을 포위하듯 겹겹이 에워싸고, 한쪽에는 열다섯, 여섯 정도 되어 보이는 소녀가 불안해하며 서 있는 모습이 보인다.

그리고 한가운데에서 건장한 중년의 남자가 한 명의 여승을 상대로 창을 뻗고 있었다.

양가장의 무사들이 소리치며 응원한다.

"장주님, 힘내세요!"

"우리 장주님 만만세!"

"이참에 우내십존의 한 자리를 꿰차시는 겁니다!"

고현은 머리를 짚었다.

'아뿔싸!'

눈앞에 보이는 나이 많은 비구니에게 선수를 빼앗긴 것이다.

정말이지 재수도 없는 일이었다.

고현이 망연자실하고 있는데, 나이가 몇인지 가늠할 수도 없어 보이는 늙은 여승이 소리를 질러댔다.

"네놈의 개 같은 눈깔에는 이 몸이 좆도 안 되게 보이시더냐!"

고현은 '쿨럭!' 하고 헛기침을 했다. 하마터면 놀라서 넘어질 뻔했다.

'이, 이게 무슨……?'

갑자기 비구니의 입에서 웬 쌍욕이란 말인가!

양가장의 장주이자 신창으로 불리는 양지득이 지지 않고 대갈(大喝)했다.

"이런 빌어먹을! 나이를 먹을 만큼 처먹었으면 사람 사는 도리 정도는 알아야지, 어디 다짜고짜 칼질부터 하는 거야! 나이와 예의범절은 똥구멍으로 처먹었나!"

"네놈 같은 개새끼에게는 말보다야 그저 몽둥이가 약이니라! 어디, 내 앞에서 다시 개소리를 해보시지?"

"야, 이 빌어먹을 할망구야! 농담으로 한 얘기에 사람 죽이겠다고 달려드는 건 너무하잖아!"

"오호! 누가 죽이겠다고 했느냐? 그저 입을 함부로 놀리는 개새끼를 두들겨 패고자 함이니라!"

오가는 욕설은 험악하기 그지없고 시장 난전에서나 들을 수 있을 법한데, 두 사람의 몸놀림은 상상을 초월한다.

늙은 여승은 오른손으로 채찍처럼 낭창거리는 연검을 쓰고, 왼손으로는 지팡이로나 쓸 법한 낡고 작은 불장을 휘두른다. 한데 두 병기가 오가는 것이 극히 자연스러워 마치 한 몸이 된 둘이 협공을 하는 듯하다.

양지득은 약간의 수세에 몰려있는 듯하지만, 은빛 찬연한 창으로 연신 공격을 막아내고 있다.

짧은 연검과 불장으로 긴 창의 사정거리 안쪽에 파고들어 쉬지 않고 공격을 하는 것도 용한데, 긴 창으로 연신 쳐오는 짧은 공격들을 막아내는 것도 용하기는 마찬가지다.

차라라락.

타탁, 타타탁.

둘의 발놀림은 현묘하기 그지없어서 거의 땅에 떠 있는 듯하고, 보기에도 범상치 않은 공력이 담긴 공격들은 큰 파열음을 내지도 않고 소박한 마찰음만 낸다.

'대단하구나.'

고현은 자기도 모르게 감탄했다.

길고 무거운 창으로 가벼운 연검의 공격을 막아내는데, 단순히 막아내는 것만이 아니라 공격을 흘려낸다. 하지만 늙은 여승이 허초와 실초를 거의 눈에 보이지도 않을 빠르기로 사용하면서, 양지득이 공격을 흘려내고 빈틈을 잡으려 하면 불장으로 후려쳐 미연에 공격을 방지하는 것이다.

더 놀라운 것은 그 둘이 그렇게 치열한 공방을 펼치면서도 입은 쉬지 않고 놀린다는 점이었다.

"망할 노괴(老怪)! 그렇게도 우내십존이란 속세의 허명이 탐나면 중 노릇을 때려치우든지."

"내가 너처럼 속세의 때에 찌든 속물인 줄 아느냐? 단지 네 놈이 노망난 늙은이들 중에서 나만 무시하는 게 마음에 안 들 뿐이다."

"누가 무시했다 그래?"

"엄연히 방년의 순정으로 이날까지 살아온 가녀리고 청순한 이 노파에게 좆같다고 망발을 했으니, 무시한 게 아니면 뭐냐!"

말싸움에서 양지득이 조금 밀렸다. 양지득이 '가녀리고 청순한'에서 기가 막혀 잠시 멈칫한 사이 불장이 양지득의 머리통을 후려쳤다.

빡!

"크악!"

정말 죽이려고 했던 건 아니었는지 삽시간에 양지득의 이마에 혹이 생겨났다.

양지득은 창으로 전면을 보호하며 손을 내저었다.

"제가랄! 그렇게 억울하면 다시 불러주면 될 거 아냐!"

늙은 여승이 손을 거두었다.

"뭐라고 부를 건데? 혹시 네놈이 모를까봐 말하는 건데, 나 불알도 없다."

"이 정신 나간 할망구야아! 저기 애 보고 있는 거 몰라? 아까부터 노망이 들었나, 애 앞에서 할 소리 안 할 소리가 따로 있지!"

양지득이 정원 한편에서 불안하게 떨고 있는 소녀를 눈짓했다. 여승의 일행인 듯하다.

늙은 여승의 고개가 잠깐 소녀에게 갔다가 돌아왔다.

"괜찮아. 요즘 애들은 워낙 우리 때보다 성숙해서."

소녀가 빽 소리를 질렀다.

"태사부님! 저는 아직 처녀예요!"

"처녀라도 알 건 다 알잖냐."

양가장의 무사들이 힐끗거리며 소녀를 쳐다보았다.

"처년데 알 거 다 안대."

"거 해괴하구만. 시집도 안 간 처녀가 어떻게 알 걸 다 안담?"

수군수군.

소녀의 볼이 붉어졌다.

"모, 몰라요! 전 아무것도 모른다구요!"

"에잉, 불여시 같은 것. 다 알면서 내숭은."

"태사부님!"

소녀가 비명을 질렀다.

그때 양지득이 창을 길게 뻗었다. 한 번도 수세를 벗어나지 못하다가 처음으로 창의 거리를 확보하고 공세에 나선 것이다.

찌익—

공기를 찢는 소리가 나며 양지득의 창날이 공간을 격하고 늙은 여승의 가슴을 관통했다. 이 일격은 양가창법에서도 일절로 치는 것으로, 극쾌속의 수법이었다.

그러나 이내 스르르 하고 잔상이 사라지며 늙은 여승은 한 걸음 옆에서 모습을 드러냈다.

"이놈 봐라? 여염집 처자의 가슴팍을 노려?"

"누가 여염집 처자야!"

"아니면? 쭈글쭈글한 할망구의 젖통이 그렇게 보고 싶었다는 거냐? 에이이…… 남세스러워서 못살겠네. 흉측한 놈 같으니."

"아니라니까!"

빡!

양지득이 다시 머리를 감싸 쥐었다. 눈물까지 찔끔 흘렸다.

"때리는 건 좋은데!"

"좋은데?"

"자꾸 때릴 때 개새끼 패듯 하지 말라고!"

"오호라, 네놈도 눈깔이라고 요게 타구봉법인 건 알아보았구나?"

개방의 타구봉법은 개를 때려잡는 봉법이라는 뜻을 가지고 있다. 하필 때릴 때마다 그 수법으로 때리니 양지득의 자존심이 상할 만하다.

"개새끼를 개 잡는 법으로 때린다는데 뭐 잘못됐냐? 내 그렇잖아도 젊었을 때 거지 중의 상거지에게 요고 한 수 배워놓은 게 요리 쓸모 있을 줄 몰랐네."

"이놈의 할망구가!"

양지득이 허공에 손을 내밀고 움켜쥐듯 했다. 늙은 여승이 몸을 피하는 대신 불장을 앞으로 내밀었다. 불장 머리가 팍 소리를 내며 부서졌다.

"어쭈, 쇄골파(碎骨破)? 제법인데? 그렇잖아도 불장이 시원찮아서 새로 하나 장만해야 하는데 잘 됐구나. 이참에 금붙이 박힌 좋은 걸로 사내라, 이놈아!"

늙은 여승이 대번에 파고들어 연검을 휘둘렀다. 양지득이 풍차처럼 창을 휘두르며 방어했다. 머리 위와 어깨, 다리에서 연신 파라락 소리가 울렸다.

피핏, 피리릭.

공방이 점점 빨라지면서 둘의 팔과 무기는 거의 보이지도 않게 되었다. 지켜보던 양가장의 무사들은 뭐가 오가는지도 모르고, 심지어 고현도 볼 수는 있으나 무슨 초식인지는 알아볼 수 없었다.

둘의 대화를 들어봤을 때에는 대강 유추할 수 있었으나, 혹시 몰라 고현이 옆의 양가장 무사에게 물었다.

"저 여승은 누구요?"

양가장의 인물들은 뭔가 하나같이 성격이 이상한 데가 있는 것 같다. 무사가 뚱하게 되물었다.

"그러는 댁은 누구요?"

"나는…… 그냥 지나가던 사람이오."

"그렇소? 저기 여승은 아미파의 지나가던 연화사태라는 고수 비구니요."

역시나!

양지득과 싸우는 비구니는 우내십존 중의 일인인 아미파의 고수 연화사태였다.

'어쩐지 신창을 몰아붙이는 기세가 보통이 아니다 싶더라니……'

우내십존 중의 한 명과 우내십존에 버금가는 신창의 대결은 정말로 쉬이 볼 수 있는 광경이 아니었다. 운이 좋아야 볼 수 있는 희귀한 대결이었다.

그러나 고현에게는 결코 운이 좋다고 할 수 없었다.

고현은 천룡검문을 알리겠다는 목적을 가지고 있었다. 신창과 싸워 이기거나, 최악의 경우라도 그와 비겨 천룡검문의 이름을 알리려 했다.

한데 이 상황에서 그가 무엇을 할 수 있겠는가!

우내십존 중 한 명과 그에 버금가는 신창이란 고수를 눈앞에 두고는 있지만 싸워볼 수는 없는 것이다. 두 사람이 싸움을 끝낸 후에 다시 싸워 이긴다 해도 좋은 소리를 듣지도 못할 테고.

더구나 대련이나 비무를 받아줄 상황도 아니다. 끽해야 '지금 장난하냐? 싸우고 싶으면 나중에 와!' 하면서 욕설이나 듣지 않으면 다행이다.

'하필이면……'

고현은 입맛이 썼다.

실전 경험이 거의 없는 상황에서 우내십존이란 거물을 상대하는 것은 조금 부담스럽다. 심지어 무명인 고현의 비무청을 받아주지도 않을 터다.

그런 면에서 우연히 시비가 붙은 것은 하늘이 도운 거나 다름없는 일이었다.

한데 겨우 수 각의 차이로 기회를 놓치고 말았다.

어찌 이다지도 재수가 없는 것일까?

'하는 일마다 이 지경이라니.'

고현은 우울해졌다. 갑자기 술 생각이 났다.

처음 강호에 나왔을 때의 패기는 온데간데없어졌다.

바로 눈앞에서 두 고수들의 치열한 격전이 펼쳐지고 있어 좋은 공부가 될 텐데도, 마음이 동하지 않았다.

'술……'

다시금 고현은 술 생각이 났다.

결국 그날의 승부는 당연하게도 연화사태의 승리로 끝났다. 양지득은 제대로 된 창술을 펼쳐보지도 못하고 비 오는 날 먼지 나도록, 그것도 타구봉법으로 두들겨 맞았다.

우내십존에 버금간다 할지라도 그 간극의 차이는 현격한 것임이 증명된 셈이다.

연화사태는 부서진 불장까지 새것으로 바꾸어 양가장을 나섰다.

그러나 고현은 끝까지 승부를 지켜보지 않았다. 거의 백여 초가 지난 후부터 양지득의 패색이 짙어지자 곧장 주루로 향했던 것이다.

*　　　*　　　*

고현은 눈에 보이는 주루 아무 곳으로나 들어가 술을 시켰다. 아직 오후라 술보다는 차를 마시는 사람이 더 많았다.

점소이가 이상한 눈초리로 고현을 쳐다보았으나 그가 든 검을 보고는 끽소리 없이 주문을 받았다.

"하아……."

고현은 깊은 한숨을 내쉬었다.

신창과 싸우려는 목적이 실패했다 하더라도 다른 명성있는 무인을 찾아가면 그만이다. 그러나 이번 일은 단순히 안타깝다는 정도로 치부하기가 어려웠다.

천하제일의 무공을 힘들게 익히고 나왔는데, 되는 일이 하나도 없다는 게 문제였다. 부모의 원수는 그렇다 치고 사문을 알리는 일까지도 제대로 진행되지 않았다.

"명성이란 누가 주지 않아도 절로 따라와야 하는 것이거늘, 내 군자답지 못하게 명성을 좇아야 하는 신세가 되고 말았구나."

먹먹해진 고현이 술을 연거푸 몇 잔이나 들이켰을까?

고현의 귓가에 차를 마시던 이들이 나누는 이야기 소리가 들려왔다.

"미산에 색마(色魔)가 나타났다면서?"

"그렇다네. 그동안 그놈에게 당한 부녀자들이 벌써 열 손가락을 넘어갔다 하더군. 별호도 붙었다네. 환혼색마(幻魂色魔)라고."

"쯧쯧. 하필이면 이럴 때……."

"하필이면이 아니지. 내로라하는 무인들이 다들 소림에 가 있으니 이때다 하고 악행을 저지르는 것일세. 이런 사건은 또

간만이구먼."

"아, 정파 무인들은 다 뭐한대?"

"뭐하긴, 그놈을 쫓고 있지. 한데 달아나는 실력이 보통이 아닌가 보이. 관병들과 무림인들이 미산까지 몰아넣긴 했는데 여러 날째 잡지 못하고 있다 하네. 뭐, 그래봐야 잡히는 건 시간문제겠지만서도."

"아무튼 누가 그 색마를 잡게 될지 궁금하구만. 젊은이들이 다 소림에 가 있으니 각 파의 장로급들이나 중년의 고수가 나설 테지?"

거기까지 얘기를 들은 순간 고현은 벌써 자리를 박차고 있었다.

'미산이면 여기서 멀지 않은 곳이다. 등주만 지나면 바로야. 이런 기회를 놓칠 수야 없지!'

고현은 전력을 다해 미산으로 뛰었다. 새도 따라잡기 어려울 정도로, 거의 나는 듯한 속도였다.

'명성을 좀 쫓으면 어떠냐! 천룡검문의 유일한 희망이 나거늘, 내 어찌 진흙탕 속에 몸을 구르길 망설일까!'

고현의 눈은 반짝반짝 빛나고 있었다.

반나절 남짓 경공을 발휘한 끝에 고현은 미산의 언저리에 도달했다.

산자락에는 많은 수의 관병과 무인이 몰려 있었다. 적어도 수백여 명은 되어 보였다. 진을 치고 있는 모양새가 사람들의 말처럼 포위한 지 꽤 된 모양이었다.

고현은 어찌나 급하게 뛰었는지 모처럼 땀까지 흘렸다.

'산이 넓고 험한 곳이 많아 찾기가 쉽지 않을 것이다. 내가 먼저 찾아내 사로잡을 수 있다면……'

그때 사람들이 여기저기서 소리치고 난리가 났다. 미산의 한 봉우리에서 연기가 피어오르고 있었다.

"놈을 발견했다!"

"북쪽 봉우리 중턱에서 놈이 나타났다!"

온몸에 먼지를 뒤집어썼지만 고현은 숨 고를 틈도 없이 다시 뛰기 시작했다. 최고의 신법을 발휘해 가장 높은 나무위로 오른 후 위치를 확인하며 다른 나무의 끝으로 다람쥐처럼 뛰어 이동했다.

연기가 피어오른 곳에서 동쪽으로 숲을 헤치며 누군가가 달아나고 있는 모습이 보였다. 쫓긴 지 한참 되었는지 온몸에 피칠갑을 한 상태였다.

'저놈인가!'

마음이 급해진 고현이 십여 장도 넘는 나무 위에서 곧바로 뛰어내렸다.

그러나 그 틈에 중년의 건장한 무인 한 명이 환혼색마의 앞을 가로막고 있었다.

"본인은 하북의 정주문(正株門)에서 온 구곡검(九曲劍) 사남호다! 더 이상 달아나지 말고 내 검을 받아라!"

피투성이가 된 환혼색마는 곧 몸을 반대로 돌려 달아났다.

"앗! 이놈! 넌 내거다. 달아나지 마라!"

그 앞에서 다른 노무인이 나타났다.

"노부는 귀주에서 온 장천종(長天宗)의 육반수(六返手) 조대라는 사람이다. 다치고 싶지 않으면……."

환혼색마가 악에 받쳐 소리를 질렀다.

"이제는 귀주에서까지 왔냐!"

"놈! 네 썩은 악명이 사해를 진동시키는데, 협을 아는 의인으로써 어찌 천릿길이 멀다 할 수 있겠느냐!"

환혼색마의 얼굴이야말로 썩어 들어가고 있었다.

옆에서 다른 장년인도 등장했다.

"환혼색마는 우리 패왕문(霸王門)의 것이오! 나 도룡기가 이미 놈을 점찍었소이다!"

환혼색마는 '제기랄!' 하고 외치면서 다른 방향으로 다시 뛰었다. 그곳이 하필 고현이 떨어진 곳이었다.

눈앞을 막아선 고현을 보고 환혼색마가 멈칫했다.

고현이 환혼색마를 잡는 건 별로 어려운 일이 아니었다. 하지만 고현은 순간 갈등했다.

'다른 사람들처럼 소리를 쳐 문파를 밝혀야 하나?'

왜 그러는지는 몰라도 다들 사문과 별호를 외치고 있었다. 이십 년 간 무림은 고현이 생각지도 못하게 바뀌었다. 아마도 새로 생긴 무림의 법칙상 누군가를 잡으려면 꼭 그렇게 해야 하는지도 몰랐다.

'난 별호가 없는데……'

고현이 주저하다가 입을 열었다.

"나는……"

고현의 말을 환혼색마가 대신했다.

"넌 또 뭐야, 이 병신아!"

환혼색마가 버럭 소리를 지르며 주먹을 내질렀다. 어차피 사방으로 포위되어 있어 달아날 길이 없으니 왠지 쩔쩔매는 고현을 쓰러뜨리고 달아날 생각인 듯했다.

병신이란 말에 고현은 울컥했다.

"이노옴!"

고현은 한눈에 환혼색마의 무공 수준을 알아보았다. 죽이지 않고 잡는 게 죽이고 잡는 것보다 어려운 상대다.

고현은 가볍게 검결지를 쥐었다.

강호에서 제대로 사용하는 천룡검문의 첫 수다. 상대가 허약해 아쉽지만, 고현은 신중하고 진지하게 절기인 여의지공(如意指攻)을 펼쳤다.

찍─

지풍처럼 탄기(彈氣)가 튀어나갔다. 낮게 옷이 찢어지는 소리가 나며 환혼색마는 뒤로 나뒹굴었다. 순식간에 엄청난 충격을 받고 눈만 데굴거리는 환혼색마다.

고현이 다시 입을 열었다.

"나는……."

하지만 왠지 쑥스럽다. 자기 자랑하는 것도 아니고 이렇게까지 해서 명호를 알려야 하나 고민도 된다.

그렇게 고현이 또다시 주저하는 사이, 젊은 청년 무인이 꼼짝도 못하는 환혼색마의 뒷덜미를 잡고 들어올렸다. 환혼색마가 반항하지 못하도록 거푸 주먹질까지 했다. 환혼색마는 이미 고현에게 당하며 얼이 빠진 탓에 반항도 못하고 축 늘어졌다.

"으하하하! 환혼색마를 내가 잡았다! 여러분들, 환혼색마는 광동 중서문(中西門)에서 온 이 조도연이가 잡았소이다!"

뒤를 따라온 많은 무인들이 아쉬워하며 땅을 치는 모습들이 보였다.

얼굴이 울퉁불퉁해진 환혼색마가 중얼거렸다.

"이런 젠장…… 나 하나 잡으려고 전 중원에서 다 몰려왔구나…… 할 일도 더럽게 없는 미친놈들."

눈앞에서 다 잡은 떡을 놓친 고현은 화를 내며 소리쳤다.

"당신은 뭐요! 그놈은 내가 잡았소!"

중서문의 무인 조도연이 눈을 부릅뜨고 소리를 질렀다.

"아니, 그게 무슨 아닌 밤중에 개뼈다귀 같은 소리야? 내가 지금 이놈을 잡고 있는 거 안 보여?"

"이것 보시오!"

"왜?"

"놈을 잡을 거면 잡기 전에 자신의 명호와 사문을 밝히는 것이 옳지 않소! 잡고 나서 외치는 것은 비겁한 일이오!"

"......"

"......"

조도연은 물론이고 그의 손에 잡혀있는 환혼색마조차 황당한 얼굴로 고현을 쳐다보았다.

"악적이 보이면 잡는 사람이 임자지, 외치긴 뭘 외쳐? 별…… 자다가 봉창 두드리는 소리 하고 앉아있네."

얼굴이 붉어진 고현이 외쳤다.

"다른 사람들은 다 그렇게 하지 않았소이까!"

"다른 사람들이 그러거나 말거나 무슨 상관이야? 잡는 사람이 임자라니까?"

환혼색마까지 터진 입술로 중얼거렸다.

"병신새끼……"

고현은 수치심에 얼굴을 들 수가 없었다. 서로 경쟁적으로 사문과 별호를 외쳤던 것은 따로 정해진 법이 있어서가 아니었다. 많은 무인들이 몰려 있는 이곳에서 한 번이라도 더 자신의 사문과 명호를 알리기 위함이었던 것이다.

고현이 시무룩하게 물러나 있는데 황보세가의 무인들이 조도연에게 다가갔다.

"중서문의 조 대협, 환혼색마를 이리 넘겨주시지요."

"뭔 소리여!"

"산동은 우리 황보가의 영역이니 우리가 처리하는 것이 옳은 일 아니겠소이까?"

"어허, 이거 다 차려진 밥상에 수저만 올려놓으려는 것이오? 그렇게는 못하겠소이다."

"물론 조 대협의 공은 잊지 않겠소. 다만 산동에서 벌어진 일이니 우리가 인도받아 관에 넘기도록 하겠소이다."

"말씀은 감사하나 내가 직접 해도 되는 일이오. 이깟 일로 황보가에 누를 끼칠 수 있겠소?"

조도연과 황보가의 무인들이 실랑이를 벌이는 사이 많은 무인들이 몰려들었다.

여기저기서 자신의 공이 더 크다는 목소리가 튀어나왔다.

미산에 오기 전 자신이 일장을 먹여 환혼색마가 중상을 입었다느니, 자신이 다리에 칼질을 한 덕에 환혼색마다 더 달아나지 못하고 잡힌 거라느니, 그러면 환혼색마에게 누가 널 잡은 거냐고 묻자느니…… 등등.

그들의 이야기를 듣던 고현은 무언가 가슴에서 끓어오르는 것을 참을 수가 없었다.

진흙탕까지 구를 각오를 했다 해도 이건 너무 심하다.

암울한 세상이다.

언제나 큰일을 저지르는 마교도 없고, 사파는 거진 궤멸되어 찾아보기도 힘들다. 악적들은 나타나기가 무섭게 서로 잡겠다고 전 중원에서 나선다…….

그만큼 이름을 알리기가 어려운 시대였다.

오죽 명성을 올리기가 힘들면 별것 아닌 삼류 색적을 앞에
두고서 서로 자신의 공이 더 크다며 입씨름을 하고 있을까!

그곳에 끼어드는 것조차 추한 일이었다. 생각 같아서야 이
자리에 있는 이들을 다 때려눕히고 싶었으나, 그랬다가는 강
호의 공적이 될 것이다.

삼류 무공도 아니고, 천하제일의 무공을 지니고서 이런 흙
탕물에 뛰어들기에는 아무래도 자존심이 너무 상했다.

"하아……."

한숨을 쉬다가 석양을 바라보며 고현은 문득 주루에서의 이
야기가 떠올랐다.

내로라하는 무인들이 다 소림에 몰려든 탓에…….

환혼색마가 나타났다며 사람들이 떠들어 대던 중에 한 이야
기였다.

'소림이라…….'

소림에 신룡(神龍)이 나타났다는 소문은 익히 들었다. 어딜
가나 장건, 장건 하며 떠들어대고 있었으니 고현도 얼추 들은
기억이 난다.

그때에는 사람들이 다 몰려들고 있다 해도 별생각이 없었는
데, 오늘 일을 겪고 나니 더 못할 일도 없지 싶다.

'소림으로 가자. 무림인들이 잔뜩 몰렸다 하니, 가보면 그

곳에선 어떻게든 기회가 생기겠지.'

석양을 등진 채 떠나려던 고현이 아우성치는 사람들을 물끄러미 바라보았다.

사람들의 몸에 가려져 환혼색마는 거의 보이지도 않을 지경이다.

고현의 입가가 씰룩였다.

고현이 손가락을 튕겼다. 여의지공의 탄기가 교묘하게 사람들의 팔과 다리의 틈 사이로 비집고 파고든다. 겨우 일촌(一寸)도 되지 않는 사람들의 틈을 정확히 쏘아낸 것이다.

빡!

경쾌한 격타음이 나며 환혼색마가 꽥 하고 비명을 질렀다.

무인들이 난리가 났다.

"내가 잡은 환혼색마를 누가 죽이려 드는 거야!"

"난 안 그랬소!"

"어떤 망할 놈이 암습을 한 것이냐!"

아무도 고현의 고절한 수법을 알아본 이가 없었다. 아마도 환혼색마는 일주일은 마혈이 짚여 꼼짝도 못할 것이다. 물론 이 중에서 고현이 짚은 혈을 풀 수 있는 사람은 아무도 없을 테고.

'내게 욕을 한 대가다.'

여전히 마음이 급하긴 하지만, 고현은 슬며시 미소를 머금고는 자리를 떠났다.

고현의 발걸음은 그렇게 소림을 향하고 있었다.

제3장

변화

　얼마를 그 상태로 있었는지 홍오는 알지 못했다.

　휑했던 민머리와 뺨 곳곳에서 흐르는 피가 굳어 피딱지가 되고, 그 위로 다시 실처럼 핏물이 흘러내린다.

　가뜩이나 얼굴과 머릿가죽이 붉어져 괴이한데, 두 눈까지 시뻘게져서 더 이상 붉어질 수 없을 정도니 기괴하기가 다시 없을 정도다.

　그럼에도 눈은 지독히도 투명했다.

　새빨간 홍옥(紅玉)이 눈 대신 박혀 있는 듯하다. 햇살에 비치는 눈동자는 도저히 사람의 것처럼 보이지 않았다.

　다만 그의 동공은 크게 확대된 채 완전히 초점이 사라져 있었다.

우득.

홍오가 목을 움직였다.

우드득.

허리를 뒤틀었다.

그리고 일어난 홍오는 한 번 휘청거렸다가 다시 섰다.

"흐으으."

입가에서 가는 신음소리가 새어 나온다.

홍오는 머리를 매만졌다.

잔뜩 돋은 핏줄 때문에 울퉁불퉁한 머리의 정수리에 뾰족한 침 같은 것이 슬쩍 튀어나와 있다.

"크으으으."

붉은 눈에서는 혈기(血氣)같은 광채까지 흘렀다.

우득 우득.

홍오가 몸을 움직일 때마다 둔탁하게 뼈 부딪치는 소리가 난다.

홍오의 입가에 스산한 기운이 맴돌고 있었다.

그런 상태로 홍오는 천천히 걸음을 옮겼다.

뚜둑 뚜둑.

걸음을 옮길 때마다 홍오의 몸에서 소름끼치는 소리가 연신 울렸다.

뚜둑 뚜두둑…….

그렇게 십여 걸음을 걸으니 소리는 더 이상 나지 않았다. 다소 몸을 뒤틀며 삐걱거리던 자세도 서서히 안정을 되찾아 갔다.

"으음……"

홍오는 머리를 감싸 쥐었다.

"이놈의 머리가…… 지끈지끈하군."

어느샌가 확대된 동공은 정상이 되었다. 그러나 흐릿해진 초점은 제대로 돌아올 줄 몰랐다.

홍오는 계속해서 걸었다.

어디로 가는지 인지하지는 못하고 있었다.

갑자기 무작정 걸어야 한다는 생각이 들었다.

그렇게 걷다보니 홍오는 어느새 어람봉 중턱에 있는 굉목의 암자를 지나치고 있었다.

굉목은 담백암의 마당에 서 있다가 홍오를 보았다.

굉목의 눈이 휘둥그레졌다.

"사부님!"

홍오의 얼굴이 피투성이가 되어 있으니 굉목으로서는 놀랄 수밖에 없었다.

홍오가 이죽였다.

"사부?"

그 말이 심하게 거슬린다.

분명 굉목은 그의 하나밖에 없는 제자였다. 젊었을 때의 홍오는 소림에 있는 것보다 밖으로 돌아다니는 걸 좋아해서, 사실 제자는 늘그막이나 몇 둘 거라고 생각했었다.

– 홍오야. 정말 제자를 들이지 않을 테냐?

– 제 한 몸 건사하기도 어려운데 무슨 제자랍니까?

– 홍오야. 내 듣자하니 사형이나 사제들이나 다 사손의 재롱 보는 맛에 산다더구나. 너는 다 늙어서도 네 뒤치다꺼리나 하는 내가 불쌍하지도 않으냐?

– 자꾸 왜 그러십니까? 에이, 좋습니다. 사부님께서 그리도 사정을 하시니 한 십 년 후에 생각 좀 해 보죠.

– 홍오야.

– 아, 왜요! 왜 주먹은 들고 그러세요!

– 네가 때려달라고 발악을 하는 것 같아서 말이다. 일단 한 십 년 맞고 제자 문제를 다시 논의해 보자꾸나.

그렇게 사부인 문각의 강압에 의해 억지로 들이기는 했지만 막상 제자가 생기고 나니 홍오도 생각이 달라졌다.

애초에 가정을 꾸릴 수 없는, 자식을 가질 수 없는 승려에게 제자란 거의 자식이나 마찬가지였던 것이다.

그래서 홍오는 자신이 알고 있는 모든 것을 가르치기 위해 노력했다. 해줄 수 있는 모든 방법을 동원했다.

다만 그 방식이 통상적이지 못했을 뿐이다.

물론 거기에는 무공에 대한 홍오의 관점이 확고한 탓도 있었다.

비우기 위해서는 채워야 한다. 많이 담을수록 비울 그
릇도 커지기 마련이다.

소림은 무림문파이면서도 사찰이다. 궁극적으로는 무공 역
시 해탈의 단계인 기사탁연수를 거치게 된다. 그때 버리기 위
해서는 많이 알아야 한다는 것이 홍오의 생각이었다.

그래서 홍오는 자신이 강호행을 하며 온갖 것을 섭렵했듯
굉목 역시 그러하기를 원했다.

타 문파의 무공을 아는 건 물론이고, 세속적인 온갖 풍류를
경험하길 바랐다.

물론 자신을 위해서인 것도 있었으나 ─결국 굉목은 배우지
못했으나─ 통상적인 방법으로는 절대 얻을 수 없는 남궁가의
비전무공서까지 가져왔다. 뭇 사람들의 비난과 욕을 감수하면
서 말이다.

심지어 승려들이 가장 경계해야 할 색욕(色慾)까지도 홍오로
서는 굉목에게 가르쳐야 할 대상이었다. 힘들게 아미파의 연
화사태를 꼬드겨 굉목에게 여자를 알게 해 주었다.

'언제였더라?'

그래도 자신이 타 문파의 무공을 보여주고 가르치려 하면
억지로라도 흉내는 내던 굉목이었다.

가끔 이래서는 안 된다며 사부를 훈계하려 드는 건방진 제
자였지만, 그래도 홍오에게는 자신과 같은 길을 가는 이가 있

다는 게 그토록 즐거울 수 없었다.

지쳐 잠든 굉목을 보며 남몰래 흐뭇해한 적이 한 두 번이 아니었다.

한데 언제부터인가 굉목은 자신을 이상한 눈초리로 보기 시작했다.

어느 정도의 반항은 이해할 수 있었다. 자신 역시 범재인 굉목의 더딘 성장이 답답해 종종 심할 정도로 다그치기도 했으니까.

그런데 굉목의 눈초리는 정도가 심해져만 갔다. 말 못할 불만…… 홍오는 결코 이해 못할 분노까지.

홍오를 보는 굉목의 눈빛은 그러했다.

그리고 마침내.

청천벽력처럼 사부 문각이 출금령(出禁令)을 내렸다.

그때만큼 홍오에게 굉목이 절실한 적은 없었다. 더 이상 무언가를 '채울 수' 없게 된 자신을 대신해 소림을 빛낼 유일한 희망이었다.

그러나 굉목은 홍오의 기대를 배신했다.

돌연 자신과의 절연(絶緣)을 선언하고 무인으로서의 삶을 포기해버렸다.

홍오는 빛 한 점 없는 망망대해에서 홀로 선 기분이었다.

굉목의 마음을 돌리려 수백 번 부탁을 하고, 수백 번 호통을 쳤다.

그래도 꿩목은 마음을 돌리지 않았다.

홍오는 망연자실했다.

이제 자신에게 남은 것은 아무것도 없었다. 무공의 발전도 지지부진했고, 미련만이 남아 가슴을 옭죄고 있을 따름이었다.

차마 자존심상 내뱉지 못한 그 심정들.

수십 년 가슴에 담아 피딱지처럼 굳어 있던 절망과 서운함이 갑자기 해일처럼 밀려든다.

그때 꿩목이 급히 홍오를 향해 달려왔다.

"사부님! 대체 무슨 일입……."

꿩목이 미처 말을 끝내기도 전이었다.

홍오의 얼굴이 확 구겨졌다.

"사부? 사一부一! 사아一부!"

무언가 욱하고 치밀었다. 전에는 그렇게 치민 것을 억지로 눌러 가라앉힐 수 있었다.

그런데 지금은 그렇게 할 수 없었다. 아니, 별로 가라앉히고 싶은 생각도 들지 않았다. 애초에 그런 자신의 상태를 인지하지조차 못했다.

"네一 이노옴!"

이어 홍오의 몸이 땅으로 꺼진다 싶더니 거의 주저앉는 듯한 자세에서 홍오가 주먹을 뻗었다.

꿩목이 기겁하여 팔을 앞으로 내밀었다. 황망히 달려가던 중이라 도저히 피할 여유가 없었다.

아니, 피하려 해도 도저히 피할 수 없을 만큼 홍오의 공격이
매서웠다.

쾅!

굉목은 채 막지도 못하고 가슴을 얻어맞고는 이 장여나 뒤
로 튕겨져 나가고 말았다.

쿠당탕탕.

굉목은 누운 채로 피를 토해냈다.

"쿨럭!"

새빨간 핏물이 한 움큼이나 뿜어져 나왔다.

굉목은 경악의 눈으로 홍오를 쳐다보았다.

"사부님…… 왜 이러는 겁니까! 그 얼굴은 또…….."

홍오가 적안(赤眼)을 크게 부릅뜨고는 일갈했다.

"내게 사부라고 부르지도 말아라!"

굉목은 어이가 없어 대꾸를 하지도 못했다.

"사부 될 자격도 없다면서 날 떠난 놈이 왜 날 사부라 부르
느냐!"

거칠게 날이 선 목소리였다.

"사, 사부님……."

"네가…… 네가 어떻게 그럴 수 있느냐! 네가 어떻게 내게
그럴 수 있어!"

굉목은 마른하늘에 날벼락을 맞은 기분이었다. 홍오가 대체
왜 이러는지 알 수가 없었다.

"내가 널 위해 어떻게 했는데! 내가 무슨 소리를 들으면서까지 널 위해 그렇게 했는데…… 그런데 네가 어떻게 내게 그럴 수 있어!"

극도로 분노한 홍오가 발을 높이 들었다가 내딛으며 다시 주먹을 뻗었다.

꿍!

진각을 밟는데 어람봉이 진동할 정도의 묵직한 진동이 울렸다.

백보신권!

동시에 굉목은 필사적으로 몸을 틀었다.

꽈─앙!

그가 주저앉아 있던 자리에 거의 팔뚝 하나만큼의 구덩이가 패였다. 굉목이 피한다고 피했으나 충격파까지 피할 수는 없었다.

굉목은 몇 걸음이나 뒤쪽으로 튕겨지며 바닥을 굴렀다. 굉목이 온 힘을 다해 소리쳤다.

"저는 그저…… 사부님께 무슨 일이 생겼는가 하여 물었을 뿐입니다!"

분노로 가득한 홍오의 일갈이 이어졌다.

"사부를 버린 놈이 사부를 걱정하는 척하다니 우습구나! 내 중 노릇을 하고 있지 않았다면 진작 널 때려죽이고도 남았을 것이니, 더 이상 내 화를 돋우지 말고 꺼져라!"

꿍목은 몸을 비척거리면서 반쯤 상체를 세웠다.

꿍목의 눈은 믿을 수 없다는 심정을 담고 있었다.

무슨 일이 벌어진 것인지, 그가 알던 사부가 아니었다. 홍오는 꿍목을 괴롭히고 두들겨 패기는 했을지언정 죽이겠다고는 하지 않았다. 심한 장난에 휘말려 죽을 뻔한 적은 있었으나 직접 때려죽이려 한 적은 없었다.

그런데 지금은 다르다.

뼈를 저미듯 살기가 느껴진다.

마지막 백보신권도 겨우 일말의 사정만 봐 주었다. 꿍목이 피하려 하지 않았다면 사경을 헤맬 만큼의 치명상을 입었을 것이다.

"사부를 무시하는 건방진 놈. 네놈이 진작 건이를 내게 데려왔다면 소림은 이 지경이 되지 않았을 것이다!"

홍오는 이까지 갈며 꿍목을 노려보았다.

꿍목은 어이가 없었다.

도대체 갑자기 이 무슨 뚱딴지같은 소리인가!

"그래…… 건이. 내겐 건이가 있어. 우리 건이가……. 내가 왜 미처 그 생각을 못했을꼬."

도무지 무슨 말을 하는지 꿍목은 알아들을 수 없었다.

이미 그는 어제의 홍오가 아니었다. 지금도 전연 다른 기운을 내뿜고 있었다.

지금껏 홍오는 자신의 텃밭 한가운데 앉아 머리에 박힌 금침을 뽑기 위해 사력을 다했다.

서장의 밀법(密法)에 걸맞게 머리에 박힌 금침은 운기행공에 필요한 혈도는 교묘히 피했으면서도, 정작 중요한 세맥을 관통하고 있었다.

운기시에는 쓰이지 않지만 사람의 오성을 일깨우는 미세한 혈맥이 금침에 의해 제압당해 있는 것이다.

그 때문에 홍오는 문각의 의도대로 과거를 잊고 있었다. 그의 성취가 수십 년 전에 머물러 있던 것도 오성을 억제당한 때문이었다.

그러나 홍오가 목숨을 던질 각오로 공력을 운기했고, 거기에 남아있는 독기가 오성을 흐리게 하면서 금침술에 미묘한 허점이 생겼다.

그 허점을 놓치지 않고 홍오는 전 공력을 쏟아 부었다.

거대한 둑이 가로막고 있는데 상류에서 엄청난 양의 물을 방류한 것과 마찬가지였다.

둑을 뚫지는 못했지만 물이 그 옆의 토지로 흘러가 새로운 길을 만든 것이다.

둑의 역할을 하던 금침술의 효력이 약해지고 제압당했던 오성의 일부가 해방되었다. 하지만 새로운 물길이 생기며 토지가 손상되듯, 홍오의 머릿속에는 상처가 남았다. 금침이 방해하면 방해할수록 기의 범람이 거세져 손상도 심해졌던 것이다.

그러면서 바로 지금.

홍오는 자신의 오랜 욕망에 눈을 떴다.

천하제일!

자신의 꿈을 이루어줄 희망!

그것을 위해서라면 뭐든지 할 수 있다! 뭐든지 버릴 수 있다!

역설적이게도…… 그토록 강해지는 것에 대한 미련을 버리지 못했던 홍오가 머리의 손상으로 인해 우연찮게 무언가를 '버릴 수' 있게 된 것이다.

그가 자신의 꿈, 욕망을 위해 최초로 버린 것은 바로 이름뿐인 '제자'였다. 자신을 저버리고 자신의 노력을 모두 시궁창에 빠뜨린 제자 '굉목'이었다.

돌연 홍오가 눈을 감고 고개를 하늘로 들었다.

우우우웅!

발밑에서 뿌연 흙먼지가 일며 홍오의 몸이 반 치 가량 하늘로 떠오른다.

굉목이 눈을 크게 떴다.

"사부가…… 깨달음을?"

이해할 수 없는 일이었다. 아니, 말도 되지 않는 일이었다.

나라밀대금침술로 오성의 제약을 받고 있는 홍오가 이렇게 급작스럽게 경지에 오르게 되다니!

부유하고 있는 홍오의 얼굴에 평온이 감돈다.

굉목은 금방이라도 쓰러질 듯했지만, 기를 쓰고 홍오의 변화를 눈여겨보았다.

홍오의 몸이 천천히 돈다. 뿌연 흙먼지가 홍오의 몸을 타고 나선형으로 흐른다.

그렇게 거의 이 각여가 지난 후, 홍오는 가볍게 땅으로 내려섰다.

얼굴의 피딱지는 그대로였지만 깊어진 눈빛이 과거와는 전연 다르다.

홍오는 기사탁연수에서 사의 단계를 완전히 넘어섰다. 그의 내공이 더 불어나고 무공도 급격히 성장했다. 당연히 금침술의 효과는 더 약해지고 말았다.

만일 금침술의 제약이 없었다면 홍오는 몇 단계나 뛰어 올랐을지도 몰랐다. 그러나 지금으로서는 사를 넘고 탁에 서서 연의 단계를 바라보고 있는 것이 한계였다.

그것이 지금 꿩목이 보고 있는 홍오다.

그러나 어딘가 이상하다.

눈빛은 깊어졌는데 어딘가 모르게 안광에 붉은 기가 섞여 있다.

제대로 된 각성을 했다면 저럴 리가 없다.

꿩목은 점점 흐려져 가는 시야를 억지로 가다듬으며 입술을 질끈 깨물었다.

츠츳 츠츠츳.

점점 붉은 기가 심해지더니 완연히 혈안(血眼)이 된 홍오의 눈이 짙은 핏빛 광채를 뿌렸다가 다시 본래의 눈동자로 돌아왔다.

홍오는 언제 화를 냈냐는 듯 웃었다. 피칠갑을 한 얼굴이 아니라면 인심 좋은 동네 노인처럼 보이는 표정이었다.

"내 보물, 아니 우리 소림의 보물……."

홍오는 꿩목에겐 신경도 쓰지 않았다.

그리고 그가 그토록 원하던 한 가지에만 집착하게 되고 말았다.

"사부…… 쿨럭쿨럭!"

꿩목은 말리지도 못하고 연신 피거품을 토해냈다.

홍오의 눈이 잠시 연민을 담았다.

그러나 그것도 잠시.

홍오는 순식간에 돌변하여 싸늘한 눈초리가 되었다.

"흥. 한 번만 더 지껄여 보거라. 인세에서의 지옥이 무엇인지 내 친절히 알려줄 터이니. 너와 나는 이제 소림의 동문이라는 것 외에는 아무것도 없는 사이다."

그리곤 또 웃는다.

"내 오늘은 고 녀석에게 뭐라도 한 수 큼직한 걸로 가르쳐주어야겠구나. 껄껄껄!"

그러면서 홍오는 몇 개의 서로 다른 보법을 연속으로 밟으면서 흥겨움에 취해 있다.

꿩목은 갑작스러운 일에 지극히 당황하고 있었다.

'분명 이상하다!'

홍오의 감정 기복이 너무 심하다. 더구나 지금의 모습은 마치 세상에 무서울 것 없던 젊은 날의 홍오, 바로 그 모습이 아니던가!

아무리 평소 홍오가 기행을 일삼았더라도 이 정도까지는 아니었다. 더구나 소름이 끼치게도 홍오는 아주 오래전의 장난기어린 말투 그대로를 사용하고 있었다!

'혹시……'

꾕목은 섬뜩한 생각이 들었다.

'주화입마?'

주화입마를 당하게 되면 대부분의 경우에는 폐인이 되고 만다. 그러나 일부 경지에 오른 고수들은 무공이 더욱 고강해지면서 이성을 잃고 광인(狂人)이 되는 경우도 있다.

지금 홍오의 경우가 그러하지 않은가!

소름이 돋는다.

'설마 사조님의 금침술이……!'

금침술의 효과는 약해졌지만, 그렇다고 제압당한 오성이 완전히 해방된 것도 아니었다.

그 때문에 홍오는 불완전한 각성에 들었다. 불완전한 기억을 되찾았고, 성정 또한 불안정해지고 만 것이다.

홍오가 얼굴을 더듬거리며 중얼거렸다.

"가만있자. 얼굴에 왠 피딱지가 이렇게 앉았어? 우리 건이

가 이걸 보면 놀랄 터인데, 냇가에라도 가서 좀 씻고 가야겠
군. 에잉, 귀찮게시리."

홍오는 굉목이 피를 토하고 있는데도 아무 일 없었다는 듯
몸을 돌려 휘적휘적 어람봉을 내려갔다.

심지어 콧노래까지 흥얼거린다.

"건이건이, 우리 건이. 예쁘기도 하지. 내 뒤를 이어 소림을
천하제일로 만들 우리 보배……. 우리 건이……. 내가 이루지
못한 꿈을 이어줄…… 우리 건이……."

천하제일의 꿈.

천하제일 문파의 꿈.

지금으로서는 장건이 소림을 천하제일로 만들어 줄 수 있는
홍오의 유일한 꿈이 되어버린 것이다.

굉목은 억지로 몸을 일으키려 했으나 몸이 마비된 듯 묵직
했다.

"크윽…… 빠, 빨리 방장 사형에게 이 사실을……."

어떻게든 조치를 취하지 않으면 무슨 일이 벌어질지 아무도
모른다. 그 대상이 누구도 아닌 홍오이니 말이다.

그러나 굉목은 더 이상 버틸 수 없었다. 피도 심하게 흘렸고
내상도 크다.

굉목은 더 버티지 못하고 곧 그 자리에서 혼절하고 말았다.

이미 홍오의 모습은 암자에서 사라지고 없었다.

　떠나려고 준비하는 이들, 그리고 실제로 떠나는 이들이 많
아지면서 소림사의 분위기는 어수선했다.

　아침부터 소림을 나서는 이들의 발걸음이 줄을 잇고 있었다.

　특히나 무기를 보관하는 정문 밖 병가에서는 차례를 기다리
는 무인들로 북적거렸다.

　"줄 서세요, 줄!"

　"앞에 새치기하지 마시오!"

　정숙해야 할 사찰이 시장판이나 마찬가지였지만, 병가에서
목록을 보고 무기를 챙겨주는 소림승들의 얼굴에는 화색이 만
연했다.

　이제껏 소림을 찾은 이들의 뒷바라지를 하는 것이 꽤 힘들
었던 탓이다. 며칠간은 고생하겠지만 그래도 이 시간이 지나
면 다시 평화로운 일상으로 돌아갈 수 있다는 생각이다.

　소림승들은 땀을 뻘뻘 흘리면서 줄 선 무인들의 병기들을
챙겨주고 있었다.

　하지만 무기를 함부로 내어 줄 수는 없는 노릇이라 확인 절
차가 복잡하다. 더구나 사람들이 한 번에 몰리니 혼잡이 더 할
수밖에 없었다.

　무자배 소림승들이 대거 병가에 투입되었지만 자연히 줄이
길어졌다.

시간이 지날수록 병가의 앞은 복잡해져서 발 디딜 틈도 없어지고 말았다.

명망 있는 무가의 무인들이야 직접 줄을 설 필요도 없었지만 그 수는 한정적이었다. 대부분은 직접 병가에서 자신의 병기를 찾아가야만 했다.

아수라장이 되어가는 병가 앞에서 무인들의 인내심도 점점 바닥을 드러내 가고 있었다. 아침 공양이 끝난 후부터 점심까지 기다린 사람들도 수두룩했다.

줄이 길게 늘어지고 기다리는 이가 수백 명을 넘어가자 슬슬 여기저기서 불평이 터져 나온다.

"도대체가 이 무슨 시장 좌판도 아니고…… 에잉, 쯧."

줄을 서고 있던 한 장년인이 수염을 매만지며 불편한 심기를 그대로 드러냈다.

청년이 장년인을 향해 조심스럽게 권한다.

"장로님은 그늘에라도 가서 좀 쉬고 계시지요. 제가 무기를 찾아 가겠습니다."

"됐다. 반 시진 정도만 더 기다리면 될 텐데 그리할 것 까지는 없다."

"하여튼 소림의 행태가 정말 마음에 들지 않는군요. 사람을 이리도 기다리게 하다니요."

그때 한 중년의 무인이 복잡한 틈을 타 은근슬쩍 둘의 앞으로 끼어들었다.

새치기를 한 것이다.

장년인의 이마가 찌푸려지고 청년의 얼굴이 확 달아올랐다.

"이보시오! 지금 여기 줄 서고 있는 것 안 보이오?"

중년의 무인은 사과하기는커녕 뒤를 보고 인상을 썼다.

"난 아까부터 서 있었는데 뭔 소릴 하나?"

장년인이 언성을 높여 소리쳤다.

"우리야말로 아침부터 기다리고 있었거늘 이 무슨 무례한 짓인가! 나는 호남의 삼절문(三絕門)에서 온 막여등이고, 이쪽은 본문의 제자인 상두라 하네. 자네의 사문을 밝히시게!"

줄 서고 있던 다른 사람들이 무슨 소란인가 하여 쳐다보기 시작했다.

중년의 무인 얼굴이 붉어졌다. 새치기 한 번 잘못했다가 사문까지 들먹이니 당황스럽게 되었다. 게다가 호남의 삼절문이면 나름대로 명문이다.

하지만 소림에 명문의 제자들만 온 것은 아니었다. 사파라고 부를 순 없지만 뜨내기나 이름만 정파의 간판을 단 무인들도 상당수다.

중년 무인이 바로 그런 경우였다.

"이런 제길! 나는 이름도 없는 삼류문파에서 온 길모라고 하오. 이제 됐수?"

삼절문의 장로 막여등의 얼굴에 노기가 잔뜩 어렸다.

"정말 돼먹지 못한 작자로군. 혼이 나봐야 정신을 차리겠는가?"

"젠장맞을. 어차피 떡고물에 눈이 멀어서 소림에 온 건 피차 마찬가지인데 무슨?"

"허어!"

막여등이 기가 차서 혀를 찼다. 하지만 지켜보는 무인들 중에 말리는 이는 하나도 없었다.

기다리긴 지루하고 심심하던 차다. 싸움이 나면 구경을 하지 굳이 말릴 필요는 없었다.

삼절문의 제자인 상두가 분노하며 나섰다.

"장로님, 이런 무뢰배에게는 대화가 소용없습니다. 제가 따끔하게 혼쭐을 내도록 하겠습니다."

길씨 성을 가진 중년인도 대노했다.

"뭐야? 이놈은 위아래도 없나! 그래, 어디 한번 삼절문의 실력이 어느 정도인지 보자!"

소란이 심해지자 병가에 있던 소림의 무자배 제자 한 명이 나와 둘을 말렸다.

"그만들 두시지요. 본사의 경내에서는 부디 자중해주시길 부탁드립니다."

소림승이 중간을 가로막자 길씨 성의 중년인은 더 크게 소리를 질러댔다.

"덤벼! 덤비라고!"

"그만하십시오, 시주님."

"내가 무섭냐? 삼절문이 그렇게 대단해? 그럼 어디 덤벼보라니까!"

난리법석이 나자 소림승들의 안색에도 피로감이 생겨났다. 가뜩이나 성격 급한 무림인들을 계속 기다리게 하고 있으니 다들 짜증이 폭발하기 일보 직전인 것이다.

바깥에서 소란이 일자 병가에서 정리에 여념이 없던 소림승들은 한숨을 내쉬었다.

"아아, 이거 정말 큰일이로군."

"그러게 말입니다. 그렇다고 어떻게 더 빨리 내보낼 방법도 없으니……."

그때 한쪽 구석에서 헉헉대며 무기를 나르던 소왕무와 대팔이 동작을 멈추었다. 둘은 아침부터 차출되어 병가에서 중노동을 하던 중이었다.

소왕무와 대팔은 서로 눈을 마주 보았다.

딱 머리에 들어오는 사람이 있었다.

"이럴 때 건이가 있어야 하는 건데."

장건이 쌀벌레를 골라내러 창고에 가서는 반나절도 안 되어 일을 해치운 것은 익히 알고 있었다. 물론 중간에 우내십존 몇이 끼어들긴 했지만 그들이 아니었더라도 장건의 솜씨가 보통이 아니라고 했다.

"아, 그러게 말야. 왜 건이가 빠진 거지?"

속가제자들 중 많은 아이들이 병가의 일을 도우러 차출되어

왔다. 하지만 장건이 끼면 또 반드시 무슨 일이 생길 거라 예상한 원호가 장건의 차출만은 죽어라 반대한 것이다.

원호는 거의 결사적이었다.

절대 안 돼! 안 된다면 안 돼! 건이는 무조건 안 돼!

둘의 이야기를 듣던 소림승들 역시 마찬가지로 장건의 생각을 했다.

장건이라고 별다른 수가 있을 리 없지만, 그래도 장건이 워낙 일을 잘하고 신기한 아이이니 무슨 수가 있지 않을까 싶은 것이다.

병가의 책임을 맡은 원익은 뒤적이던 장부를 덮었다. 무인보다는 문사에 가까운 원익의 이마와 정수리에도 땀이 맺혀 있었다.

결단을 내린 원익이 무자배 승려를 불렀다.

"아무래도 안 되겠다. 무동아, 너 가서 건이를 좀 데려 오너라."

"하지만 원호 사숙께서……."

"사형에게 혼나더라도 할 수 없지. 책임은 내가 질 테니 넌 어서 데려오기나 해라. 당장 이 혼란은 좀 피하고 봐야지."

"알겠습니다."

명을 받은 무자배 승려는 장건을 데려오기 위해 급히 뛰어갔다.

＊　　　＊　　　＊

　장건은 부친 장도윤이 떠난 후에도 한참을 생각에 잠겨 있
던 중이었다.

　　네 사주는 밑 빠진 독에 물 붓기 같은 사주란다.

　당시에도 꽤 놀랐지만 이제와 다시 생각해 보아도 끔찍한
말이었다.
　"내가 꿩목 노사님 밑에서 얼마나 근검절약을 하고 살았는
데!"
　장건은 자기도 모르게 벌떡 일어나 소리를 지르고 말았다.
　단순히 역마살이 끼었다든가, 혹은 다사다난할 운명이라든
가 하는 것은 겁나지 않았다.
　하필이면 돈이 줄줄 새는 운명을 타고났다니…… 이 얼마나
구차하고 끔찍한 운명이던가!
　"하아아."
　장건은 머리를 감싸 쥐고는 다시 침상 한구석에 쪼그려 앉
았다.
　"아빠 말이 틀리지 않아. 따져보면 난 요즘 너무 나태해져

있는 것 같아."

장건은 길게 한숨을 내쉬었다.

꿩목과 산에서 살 때에는 작은 것 하나도 아끼느라 최선을 다했다. 물론 할 일이 없어서 그런 '놀이' 비슷한 행동에 열중했던 것도 사실이다.

걸을 때에도 나뭇가지에 옷이 찢기지 않게, 신발이 닳지 않도록 조심조심 걸었다. 심지어 숨 쉴 때 가슴이 오르락내리락하는 것도 어딘가 힘이 낭비되는 것 같아 어떻게 하면 그런 동작이 없이 숨을 쉴 수 있을까 고민하기도 했다.

그런데 지금은?

비무를 하다가 바닥을 굴러서 옷이 흙투성이가 되는 건 예삿일처럼 느껴지고, 옷이 찢기거나 해도 개의치 않게 된 것이다.

"하아, 내가 언제부터 이렇게 되어 버렸지?"

장건은 그간의 노력이 수포로 돌아간 것 같아 가슴이 답답하다.

"훨씬 더 아껴 쓸 수 있고 적은 힘으로 움직일 수 있어서 무공을 배운 거였는데……."

무공을 배운 건 좋았으나, 그 탓에 장건은 수시로 비무를 하며 어쩔 수 없이 힘을 낭비해야만 했다. 생각해 보니 그간 버리고 새로 받은 옷만도 여러 벌이다.

"노사님이 계셨다면 내가 정신을 바짝 차리도록 혼을 내주셨을 텐데. 노사님이 안 계시다고, 무공 좀 배웠다고 너무 자만해 있었어."

장건은 자기 머리를 주먹으로 쥐어박았다.

"으이구. 난 아직 어른이 되려면 정말 멀었구나. 이래서야 나중에 어찌 근검절약하는 좋은 상인이 될 수 있겠어. 계속 이렇게 지내다간 집에 돌아가도 장사 말아먹고 거지 되는 것도 순식간일 거야."

어디선가 제갈영이 '거봐. 너 거지 맞잖아.' 라고 중얼대는 소리가 들려오는 듯했다.

장건은 문득 단전이 꿈틀 하고 움직이는 듯한 기분을 느꼈다.

"내공도 다 채워놔야 하고…… 휴우, 사치를 부리며 낭비를 해 온 대가가 너무 크구나. 초심으로 돌아가자. 사람이 이러면 안 돼."

장건은 초심이란 말을 몇 번이나 곱씹으며 자리에서 일어나 건신동공을 하기 시작했다.

하루도 빠지지 않고 7년여를 해오다가 근래 들어 소홀히 했던 건신동공이다.

장건은 서서히 건신동공에 빠져들었다.

단전에서 풀려나온 기가 장건의 움직임을 따라 온몸을 휘저으며 돌아다닌다.

'아! 상쾌해.'

오랜만이라 그런지 좀 기분이 다른 듯하다.

약간 걸리적거리던 근육이나 뼈가 다시 제자리를 찾고 있는 듯 조금씩 틀어지는 게 느껴진다.

'좋다아······.'

장건은 모르고 있었지만 역근경의 내공은 다시 한 번 장건의 육체를 변화시키고 있었다. 여타 무인들의 경우에 비유하면 일종의 깨달음으로 한층 경지가 높아진 것과 비슷한 상황이었다.

장건의 경우에는 그 깨달음이 남들과 좀 다를 뿐이었다. 그리고 장건의 특성상 겉으로는 별다르게 변한 데가 없어 보였다.

정문의 병가에서 도움을 요청하는 승려가 찾아온 것은 그로부터 한 시진 가량이 지난 후였다. 그제야 장건은 건신동공을 겨우 일 회 마쳤다.

"오랜만에 해서 그런가? 꽤 오래 걸린 것 같네. 희한하게 단전도 꽉 찼어."

장건이 의아해하고 있는데 무자배 승려가 속가제자의 숙소로 들어오며 장건을 불렀다.

"건 사제?"

"아? 안녕하세요."

얼굴은 잘 모르지만 무자배 중의 사형이라는 정도는 알았다.

무자배 승려가 급히 말을 전했다.

"혹시 지금 딱히 하는 일이 없다면 좀 도와주어야겠어. 일은 바쁜데 손이 모자라서 큰일이 나기 직전이야."

"일이요?"

장건은 가슴이 둥- 하고 울리는 듯했다.

이제 막 아끼면서 잘 살아보자고 결심한 와중이었다. 하필 이럴 때 일을 해야 한다니 조금 불편해졌다.

그러나 장건은 이내 고개를 저었다.

'아냐. 노사님께서 그러셨잖아. 일을 안 하는 건 사람이 아니라 식충이라고. 무조건 아끼는 것이 아니라 할 일을 하면서 최대한 절약하는 게 옳아. 물건을 사오지 않고서는 팔 수도 없는 거잖아.'

부친을 만났기 때문인지 상인의 입장에서 자꾸만 헤아려 보는 장건이었다.

"어떤 일인데요?"

장건의 질문에 무자배 승려가 대답했다.

"소림을 찾아왔던 각 문파들의 시주 분들이 갑자기 한꺼번에 돌아가야겠다는 바람에 병가에서 맡아둔 무기를 제대로 돌려주지 못하고 있어. 줄이 벌써 장강만큼 늘어서 있다고."

"그래요? 그럼 당연히 가서 일을 해야죠."

"우리 입장에서도 그 시주 분들이 다 돌아가야 다시 원래 생활로 돌아갈 수 있으니, 최대한 빨리 해야 하는 셈이지."

지금은 경내의 여러 사건사고로 속가제자들의 수련까지 멈춘 상태였다.

장건은 이번 일만 끝나면 친구들과 함께 어울려서 다시 무공을 배울 수 있다는 사실에 신이 났다.

"어서 가요. 빨리요."

무자배 승려는 고개를 끄덕이며 앞장서 나가려다가 무심코 뭔가 이상하다는 생각이 들었다.

걸음을 멈추고 장건을 보고는 다시 물었다.

"혹시…… 어디 불편해?"

"네? 아뇨. 그냥……."

무자배 승려가 떨떠름한 얼굴로 고개를 갸웃거렸다.

'복화술이라도 연습하던 중이었나?'

말은 똑똑히 들려오는데 정작 장건의 입술이 거의 움직이지 않는 걸 본 탓이다.

가뜩이나 서 있는 것도 자연스럽지 않고 부자연스러울 정도로 경직되어 있는데 입까지 움직이지 않고 말을 한다. 사람이 아니라 나무토막에서 말소리가 들려오는 듯했다.

'뭐, 원래 희한한 아이니까.'

장건이 희한하다는 건 소림에서 이미 모르는 사람이 없다. 아니, 굳이 알려고 하지 않아도 그냥 걷는 것만 봐도 이상하다는 걸 알 수 있다.

"어?"

막 숙소를 나서려던 장건이 갑자기 멈춰 섰다.

"왜 그래?"

장건의 눈살이 살포시 찌푸려졌다.

"공기 중에 흙먼지가 날아서 옷에 붙어요."

"응? 바람도 안 부는데? 먼지가 어디 있다고?"

장건은 돌연 끙끙대면서 앞발을 슬쩍 내밀어 디뎠다. 마치 앞에 늪이나 함정이 있어 조심스러워하는 투다.

"왜 그러는 거냐니까?"

장건이 '으으으' 하고 신음을 흘리면서 걸음을 내딛었다.

"신발에 흙이……."

"걸으면 신발에 흙이 묻는 게 당연하잖아."

답답해진 무자배 승려가 언성을 높였다.

장건이 여전히 떨떠름한 얼굴로 대답했다.

"그건 그런데…… 그러면 신발을 오래 못 신게 되잖아요."

"지금 장난하는 것도 아니고. 그래서 신발을 신는 거지. 그걸 두려워할 거면 왜 신발을 신겠어?"

장건의 얼굴이 조금 환해졌다.

"그렇죠?"

장건은 꿩목과 처음 만났을 때가 생각났다. 당시에는 쓰지도 않을 거라면서 빗자루를 가져다 놓은 것이 그렇게 이상해 보일 수가 없었다.

그런데 지금은 아까워서 빗자루를 못 쓰고 있었을 거라는 마음이 이해가 된다.

장건은 속으로 웃었다.

'나도 참 바보다, 진짜. 그땐 몰랐던 노사님 마음을 이제야 이

해하다니. 역시 노사님은 미리 이런 걸 다 알고 계셨던 거였어.'

굉목이 들었다면 대폭소를 했을지도 몰랐다. 그때는 그저 장건이 마음에 들지 않아 꼬투리를 잡은 것뿐이었다.

하지만 이 일로 장건은 다시금 깨달음을 얻을 수 있었다.

'물건에는 용도가 있지. 사용하라고 만든 것이니 그것을 아껴서 사용하면 되는 거야. 사형의 말대로 아깝다고 아예 쓰지도 않을 거면 애초에 그 물건을 가지고 있을 필요도 없는 거고.'

장건은 그제야 환하게 웃으며 고개를 끄덕였다.

"됐어요. 이제 가요."

뭐가 됐다는 것인지 무자배 승려는 이해할 수가 없었다. 그러나 상황이 급한 만큼 따질 여유가 없었다.

"그러자고."

장건은 공기 중에 떠도는 먼지와 신발에 달라붙는 흙이 여전히 마음에 걸렸지만, 그나마 조금은 편한 마음으로 승려의 뒤를 따를 수 있었다.

'입을 안 움직이고 말을 하려니까 좀 불편하네. 소리도 잘 안 나오고. 말하는 건 평소대로 해야겠다.'

걷는 와중에도 장건은 어떻게 하면 더 절약하며 살 수 있을지 고민했다.

그 동안에도 병가 밖의 사정은 점점 더 악화되어 가고 있었다.

"삼절문이 그렇게 대단하다면서 왜 아무 말도 못해? 어서 덤벼 보라고!"

"크으윽, 이자가! 정말 보자보자 하니까!"

길씨 성의 무인은 소림승이 막고 있어 안전하다 생각했는지 더욱 고래고래 소리를 질러댔고, 삼절문의 제자인 상두는 화가 끝까지 나서 당장이라도 그를 잡아 죽이려 하고 있었다.

상두가 소리쳤다.

"당장 따라 나오시오!"

"한판 붙자고? 좋지. 하지만 무기가 없는 걸 어쩌나? 더구나 여긴 소림의 영역인데, 여기서 피를 보겠다고?"

길씨 성의 무인이 계속해서 비아냥거리고 있었다.

흥미있게 지켜보던 구경꾼들 중의 누군가가 외쳤다.

"어차피 어제도 소림 앞 공터에서 비무가 있었는데 뭘 그리 걱정하시나? 댁들이라고 못하란 법 없잖어!"

싸움은 말리고 흥정은 붙이라지만, 무인들에게 가장 재미있는 것이 싸움 구경이다.

구경꾼들이 와자지껄하며 외쳐댔다.

"그래그래. 우리가 순서를 비켜줄 테니, 어서 무기를 찾아서 대차게 한판 싸워봐!"

둘을 말리던 소림승이 진땀을 뻘뻘 흘리며 손을 휘저어댔다.

"자자, 시주님들. 진정을 좀……."

하지만 시작된 소란은 쉬이 진정되지 않았다. 오히려 마른 장작에 불이 붙듯 더 번져만 갔다.

"삼절문은 본파의 오랜 벗인데, 어떤 놈이 감히 삼절문을 욕보이고 있느냐!"

건장한 노인 한 명이 내공까지 섞어 외치며 사람들을 밀치고는 앞으로 나오고 있었다.

노인이 길씨 성의 무인을 노려보았다.

"나는 기령파에서 온 삼다강이라고 한다. 버러지 같은 네놈이 지금 삼절문을 능욕하고 있었느냐?"

노인의 기세에 주눅이 든 길씨 성의 무인이 주춤거렸다.

그때 다른 쪽에서 고함이 터져 나왔다.

"하하하! 매풍검(魅風劍) 삼다강! 내 너를 여기서 만날 줄 몰랐구나!"

한쪽 눈이 애꾸인 노인이 밀지 말라며, 줄이나 서라며 아우성치는 사람들을 흉악한 얼굴로 제치며 나섰다.

매풍검 삼다강이 흠칫 놀란 얼굴을 했다.

"칠철환(七鐵環) 구력! 네가 어떻게 소림에 있느냐?"

"내 제자 놈이 혼기가 차서 말이지."

애꾸 노인 칠철환 구력이 자신의 눈을 매만지며 음산한 웃음을 흘려댔다.

"흐흐흐. 마침 잘 됐구나. 내 그렇잖아도 이 눈이 근질거리던 참이다."

칠철환 구력의 옆에 그의 제자 둘이 나란히 섰다.

삼다강이 소리쳤다.

"내게 볼 일이 있었으면 진작에 기령파로 찾아올 것이지, 왜 이제 와서 과거 일을 들먹이는 게냐!"

"네놈이 기령파에 꼭꼭 숨어 있는데 어떻게 찾아가라는 거냐! 한데 이렇게 만났으니 그야말로 하늘이 내린 기회로구나!"

금방이라도 싸움이 벌어질 듯 팽팽한 분위기다.

가뜩이나 줄을 선 사람들 때문에 비좁은 자리라 소림승들이 말리기도 쉽지 않았다.

아니, 미처 말리기도 전에 또 다른 이들이 끼어들었다.

"칠철환 구력, 이 악독한 놈! 네가 소림에 발을 들이다니, 스스로 명을 재촉하는 것이냐!"

"네놈은 뭐냐!"

"네가 칠 년 전에 악랄하게 손을 쓴 사람이 본문의 사숙이셨다! 천우문(天宇門)을 잊진 않았겠지?"

삼십 대로 보이는 무인이 이를 갈며 사람들을 헤치고 나오려 애를 썼다.

그러자 반대쪽에서 다시 누군가 소리친다.

"천우문! 어디 천우문의 잡배 따위가 칠철환 형님께 개소리를 지껄여!"

"뭣이? 잡배? 지금 개 같은 주둥이를 놀린 놈이 뉘 집의 개 새끼냐!"

강호의 원한이란 지독한 거미줄처럼 얽혀있다.

애초에 원한을 진 어느 한쪽이 완전히 절멸(絕滅)되지 않는 이상, 사문으로 혹은 의리로 계속해서 원한이 계승된다.

그러다 보니 우스갯소리로 길 가다가 부딪히면 한 다리 건 너 원수라는 말조차 강호에서는 흔한 일인 것이다.

그런데 지금 소림사에는 수많은 무인들이 몰려와 있다.

대부분이 서로 이름이나 얼굴만 아는 정도지만, 개중에는 사이가 안 좋거나 혹은 원수처럼 지내던 이들도 부지기수다.

그동안에는 소림에 머물러 있어야 하니 대놓고 이를 드러내 지 못했지만, 사실상 이들의 불만감은 터질듯 팽배해 있던 상 황이었다. 소림에서 무림대회라도 개최했다면 어느 정도는 해 소가 되었을지 모르나, 재정이나 상황상 무림대회는 열릴 수 없었다.

그러니 그저 꾹꾹 눌러 담고 있어야 했던 것이다. 비무를 벌 이고 싶은 상대나 원수를 보아도 소림의 안이라 모른 척할 수 밖에 없었다.

이제껏 조용하던 무인들은 잠시 무인으로서의 성향이 짓눌 려 있던 것뿐이었다.

하지만 바로 어제만 해도 소림의 문 밖에서 비무가 벌어졌다. 이제는 소림을 나가서 비무를 벌이는 것이 어렵게 느껴지지 않는다.

어차피 소림을 떠나기로 한 마당이니 왠지 모르게 들떠 있는 듯도 했다.

때문에 이리저리 얽힌 은원의 끈은 거의 폭발하기 일보 직전이었다.

이제는 누가 누구에게 원한을 가졌는지도 알 수 없는 가운데, 칠철환 구력이 웅혼한 내력을 담아 소리쳤다.

"본인에게 갚을 것이 있는 놈들은 사람들 뒤에 쥐새끼처럼 숨어 재잘대지 말고 무기를 들고 밖으로 나오라!"

"이런 얼어 죽을? 무기를 줘야 나가지!"

나한승들까지 나서야 할 상황이 되었다.

"모두 경거망동하지 말고 자리를 지키시오!"

나한승들이 서릿발 같은 눈으로 끼어들었으나, 반대로 튀어나오는 고함소리가 더 많았다.

"소림의 경내에서 싸우겠다는 것도 아니고 밖에서 비무를 하겠다는 거요!"

"소림이 비무를 중재할 게 아니면 우리들의 일에는 관여하지 마시오!"

나한승들이 소리쳤다.

"비무의 중재를 원한다면 그에 맞는 절차를 거쳐야 하지 않겠소. 모두 자중해 주시오!"

일부는 소림의 중재로 비무를 하는 것이 옳다는 의견도 있었다.

하지만 이제껏 소림의 결정이 사람들을 만족시킨 적이 없었다. 그 때문이었을까?

역시나 불만 섞인 목소리가 흘러나왔다.

"어제도 소림의 허락을 맡고 비무를 한 건 아니잖소!"

"우리가 구대문파에도 속하지 않는다고 무시하는 거야, 뭐야? 오대세가나 되어야 허락을 받지 않고 비무를 할 수 있다는 건가?"

"맞아. 이렇게 땡볕에 몇 시진이나 기다리게 하는 것도 다 우릴 무시하는 처사라고. 어차피 또 중재한답시고 한참을 기다리게 하겠지!"

한 번 터진 봇물은 좀처럼 가라앉을 줄을 몰랐다.

그렇다고 지난번 정문에서처럼 무작정 무력을 쓸 수도 없는 노릇이라 나한승들도 처지가 곤란하다.

소림의 위상이 제 위치를 찾지 못했다는 증거다.

장건의 활약은 사람들의 입에 회자될지언정 아직 소림의 위상을 드높일 정도는 아니다.

그때 흰 눈썹이 용의 수염처럼 길게 옆으로 뻗은 중후한 인상의 노인 한 명이 내공을 실어 외쳤다.

"강호의 동도들은 잠시 말씀을 거두어 주시게!"

내공이 실린 목소리가 심장을 울릴 정도이니 결코 낮은 공력을 가진 이가 아니었다.

소란을 피우던 무인들이 그를 주목했다.

노인이 나서 포권했다. 평범한 동작인데도 어딘가 모르게 묵직한 기세를 풍긴다.

"노부는 산양에서 온 주오렴이라고 하네."

무인들이 자못 놀란 표정을 지었다.

"섬서성 산양?"

"백미창응(白眉蒼鷹) 주오렴!"

백미창응 주오렴은 종남파의 속가제자로, 본산 제자들에 버금갈 정도의 무공 실력을 가졌다.

특히나 평소에는 온화하고 너그러운 데 반해 의롭지 못한 행위에는 가차 없기로 유명했다. 흑도 방파를 섬멸하기 위해 백도의 온 문파가 나설 때, 그가 항상 선두에 있었다는 것은 알 만한 사람은 다 아는 일이다.

그런 그의 또 다른 별호는 바로 무림판관(武林判官)이었다. 남의 일에 끼어 중재하는 걸 좋아하기 때문이다.

백미창응 주오렴은 워낙 강호에서의 명망이 높은 인물이라 구대문파에서도 함부로 할 수 없는 인물 중 한명이다. 그 혼자의 명성이 삼절문보다 더 우위에 있다고 해도 무방할 지경이다.

그런 그가 나서니 일단은 다들 경청하는 분위기가 되었다. 소림의 입장에서야 기분이 썩 좋을 리 없었으나 별수 없는 일이다.

"고맙네."

주오렴은 나한승들과 뭇 중인들을 향해 다시 한 번 읍을 해 보인 후 입을 열었다.

"여기 모인 우리 모두는 백도의 정신적 지주이자 상징인 소림에 닥친 고난을 외면하지 못하고, 의협심 하나로 먼 길을 온 사람들일세."

많은 이들이 머쓱한 표정을 감추지 못했다.

소림에 엄청난 환자들이 생겨나 손을 보태겠다는 핑계로 오긴 했으나 실제로는 다른 꿍꿍이가 있었으니 말이다.

"비록 소림이 뭇 협객들에 대한 처우에 미비하였다고는 하나, 우리가 소림의 감사 인사를 받기 위해 모인 것은 아니지 않았는가."

나한승들의 표정이 더 굳어갔다. 소림을 감싸는 듯하지만 은근히 소림의 처사에 대한 힐난이 섞여 있었다.

"한데 이제와 그러한 문제로 소림을 탓한다면 본래 우리가 지니고 온 협과 의를 모두 상하게 하는 일이 될 것일세. 우리가 협보다 무를 숭상하는 흑도의 무리도 아닐진대, 시비가 있다면 응당 이곳의 주인인 소림의 중재에 따르는 것이 백도를 걷는 자의 도리가 아니겠는가."

주오렴의 일장연설에 무인들이 고개를 끄덕거렸다.

주오렴이 이리저리 포장하긴 했으나 애초에 깨끗한 목적으로 온 것이 아니니 명분을 생각해서 조용히 있으라는 뜻이다.

"옳소!"

"역시 무림판관다운 명쾌한 결론이구려."

주오렴이 소림승들 중 가장 배분이 높은 원익을 향해 말했다.

"무림에서 칼밥을 먹고 사는 이상 서로의 은원관계는 결코 소홀히 할 수 없는 일이외다. 부디 소림에서 여기 모인 호걸들의 마음에 앙금이 남지 않도록 공정하게 처리를 하여주시길 바라겠소이다."

원익이 별수 없이 반장하며 답했다.

"지금 곧 청을 넣어 보겠으니, 잠시만 기다려주시지요."

대답을 들은 주오렴이 포권하며 물러섰다.

"부족하나마 이야기를 들어 주어 감사하오. 그럼 이 주모는 이쯤에서 물러설까 하오."

무인들이 적잖이 환호했지만, 원익을 비롯한 소림승들은 낮은 한숨을 내쉴 수밖에 없는 상황이었다.

그리고 얼마 지나지 않아 장건이 도착했다.

*   *   *

방장실에서 즐거운 마음으로 앞으로의 재정계획을 방장 굉운, 원호와 함께 논의하던 도감승 굉정은 기겁을 했다.

"뭣이라!"

정문의 소식을 알려온 나한승이 고했다.

"정문의 병가에서 많은 무인들이 본사의 중재로 시비를 가리기를 청하고 있습니다."

꿩정에게는 마른하늘의 날벼락 같은 소리였다.

무인들에게 시비를 가린다는 의미가 무엇이겠는가. 한번 싸워보자는 뜻이다. 말로 해결되지 않는 상황에서의 중재는 비무를 주관하고 참관하는 일이다.

꿩정이 물었다.

"그 많다던 무인들이 설마…… 다 그러고 있는 건 아니겠지?"

나한승이 대답했다.

"처음 사소한 시비로 시작되었는데 일파만파 일이 번졌습니다. 적어도 백여 명 이상의 무인들이 몇 무리로 나뉘어 절대적으로 본사의 개입을 요구하고 있습니다."

원호가 노한 목소리로 꾸짖었다.

"너희들은 애초에 그런 일이 벌어지지 않도록 막지 않고 뭘하고 있었던 게야!"

"워낙 병가에 사람이 몰린 탓에 하산의 처리가 늦어지고 말았습니다. 저희가 개입했을 때에는 이미……."

꿩정은 삭발한 머리의 이마와 정수리를 감싸고는 그대로 주저앉았다.

"아이고야. 부처님, 맙소사!"

방장 꿩운이 고개를 끄덕였다.

"어쩔 수 없는 일이구나. 소림에서 벌어진 일을 가만히 좌시할 수도 없으니, 중재에 나설 수밖에."

그 말에 주저앉던 굉정이 고무공처럼 튀어 일어섰다.

"절대 안 돼! 안 된단 말입니다!"

"사제."

"이게 단순히 중재로 끝날 일입니까!"

굉정이 침까지 튀어가며 열변을 토했다.

"생각해 보십시오! 수백 명이 칼질을 하고 나면 멀쩡히 제 발로 돌아가겠습니까? 여기저기 다친 놈부터 시작해서 그들의 일행들까지 고스란히 소림에 남을 거란 말입니다. 그럼 약값은 어쩌고, 그들의 공양은 또 어떻게 마련하겠냐구요!"

틀린 말은 아니었다.

소림이 무림대회를 개최하지 못하는 것도 비용이 문제였다. 심지어 빨리 그들을 내보내지 않으면 모두가 개방의 거지꼴이 될 거라 굉정이 경고하지 않았던가.

한데, 나가려던 이들이 다시 싸워서 요양을 목적으로 소림에 눌러앉게 된다면 오랜 기간 다시 식객을 두어야 하게 되는 것이다.

"굉정 사제."

굉운이 조용히 굉정을 불렀다.

굉정은 완전히 혼이 빠진 사람처럼 퀭한 눈으로 굉운을 보았다.

"말씀하십시오."

"재정 상태가 열악하다는 것은 심각한 일이나, 무림 문파로서의 책임을 다하지 않을 수도 없네."

"그뿐만이 아닙니다. 만일 예기치 못한 사고가 생긴다면 또다시 관에서 개입할 겁니다. 그땐 어쩌실 겁니까?"

"감당해야겠지."

그때 원호가 의견을 내놓았다.

"그간 본사에서 너무 그들을 배려하지 못했습니다. 여러 문파와 무인들이 얽혀 있으니 이제껏 불미스러운 사건 한 번 생기지 않은 것이 외려 이상한 일이었습니다. 모두가 돌아가려는 마당에 호승심이 발동한 것일 테니, 이번만큼은 행동을 취하지 않을 수 없습니다."

핑정이 손을 내저었다.

"아아, 나도 몰라. 나도 이제는 모르겠다. 잘 하면 내 생전에 소림이 거리에 나앉는 꼴을 보겠구만. 그거라도 보지 않으려면 그냥 석주(石柱)에 머리라도 박고 죽는 게 낫겠어."

"그렇지 않습니다."

원호가 말했다.

"강호의 은원 관계는 모두가 얽혀 있는 것입니다. 그러니 그중에서 대표자를 몇 선정해서 대화로, 혹은 비무로 시비를 가리게 하면 최소한으로 피해를 줄일 수 있을 겁니다."

다 죽어가던 핑정의 눈이 반짝였다.

"응? 그거 좋은 생각인데?"

굉운도 고개를 끄덕였다.

"그렇군. 그렇게 하면 불만도 어느 정도는 가라앉을 테고, 본사로서도 책임을 다할 수 있을 테지."

굉운은 원호가 새사람이 된 것처럼 적극적으로 나서자 흐뭇하다는 표정을 지었다.

"그럼 이번 일은 자네가 사질들과 함께 맡아주어야겠네."

굉운은 이번 시비의 중재를 원호에게 맡기기로 했다.

지금의 원호는 믿음직하다.

"맡겨주십시오."

원호는 자신 있게 대답했다.

어찌 보면 별것 아닌 일이었다. 싸우겠다면 불상사가 생기지 않도록 비무를 주관하고, 대화로 풀겠다면 소림을 봐서라도 서로 양보해 달라 요청하면 되는 것이다.

돈이 없어 이것저것 생각할 게 많아 그렇지, 무림에서는 이런 일이야 일상다반사로 볼 수 있는 일이었다.

그렇게 안심하던 원호는 부지불식간에 '혹시?' 하고 누군가를 떠올렸다.

이제는 그렇게 밉지 않은 녀석이지만, 왠지 장건이 또 끼어 일을 엉망으로 만들지도 모른다는 불안감이 든 것이다.

하지만 다행히도 장건은 현재 정문 앞 병가에는 없을 터였다. 절대로 장건만은 차출하면 안 된다 했으니 말이다.

'나무아미타불. 드디어 소림에 몰려온 풍랑을 걷어낼 수 있게 되겠구나.'

우내십존까지 돌아가기로 한 마당에 소림에서 더 벌어질 큰일이 무엇 있겠는가. 오히려 막판에 체면치레까지 할 수 있게 되었으니 부처님의 은덕에 감사해야 할 판이다.

"사제들을 소집하고 연무대를 준비하도록 하겠습니다."

원호는 희미한 웃음까지 머금고는 굉운에게 반장하며 방장실을 나섰다.

그러나 그 웃음이 얼마나 계속될지…… 그때까지는 아무도 알지 못했다.

제 **4** 장

고검(古劍)이 신검(新劍)으로

  소림은 무림문파이며 사찰이다.

  소림에는 정문의 거대한 일주문 우측으로 일반 향객들은 거의 들를 일이 없는 샛길이 있다.

  샛길을 따라 조금만 걸어가면 사마를 막는다는 천왕문(天王門)과 비슷하지만 좀 더 작은 금강문(金剛門)을 지나게 된다.

  금강역사상이 선 네 개의 기둥위에 지붕을 얹은 금강문의 안쪽은 커다란 법당 두 채가 오롯이 자리하고 있는데, 이곳은 무기를 지닌 무림인들이 반드시 들러야 할 해번소(解煩所)다.

  뒷간을 뜻하는 해우소와 비슷한 명칭 탓에 보통은 병가(兵架)로 통칭하는 이곳은 무림인들이 무기를 맡기는 곳이다.

무인들이 손에서 무기를 놓는다는 것은 참으로 이해하기 어려운 일이나, 이를테면 무당의 해검지(解劍池)처럼 천하제일문파인 소림을 존중하기 위함이라는 뜻이 담겨 있다.

그러나 지금 해번소에는 존중이란 말의 의미를 잊은 듯 행동하는 이들로 가득하다.

법당의 마당도 부족해서 금강문을 지나칠 정도로 늘어선 줄과 그 사이에서 풍기는 흉흉한 분위기는 언제 폭발해도 이상하지 않을 정도였다.

내원에서부터 해번소의 뒤쪽으로 이어진 오솔길을 따라 걷던 장건도 그 모습을 볼 수 있었다.

"분위기가 이상하네요?"

걸음을 재촉하던 무자배 승려가 대충 대답했다.

"오래 기다렸으니 그렇지. 아침 공양 이후부터 사람이 몰리기 시작했으니까…… 저 중에 한 시진 이상 기다린 시주들이 반은 더 될걸?"

"그렇게 기다리면 저라도 짜증이 날 만하네요."

"그러니까 어떻게든 열심히 해야지."

"네."

새삼 부담감을 느낀 장건도 기운을 내기로 했다.

원익을 비롯해 소림승과 속가제자들은 장건을 보고 기대의 눈빛을 보냈다.

원익이 법당 밖에 마련된 탁자에서 명부를 뒤적이다가 말했다.

"네가 할 일은 간단하다. 저기 법당 안을 보면 선반마다 번호가 적혀 있지?"

문이 활짝 열린 법당 안에는 무기가 잔뜩 걸린 선반들이 몇 열로 놓여 있었다.

"네."

"내가 이곳에서 번호가 적힌 목패를 주면 그 번호에 맞는 무기를 찾아오면 된다. 선반 배열이 종류별로 나뉘어 있으니까 금방 익숙해질 게다. 위험한 무기도 많으니까 운반할 때 주의하고."

"예."

소왕무가 웃으며 장건의 옆구리를 찔렀다.

"야, 건아. 내가 너 안 오나 했더니 진짜 왔구나."

"당연히 와야지."

"그래. 친구의 어려움을 모른 척하는 건 친구가 아니지! 그대가 와주어 본좌 천군만마를 얻은 듯하네."

소왕무의 과장된 장난에 장건도 웃었다.

소왕무가 간단히 설명했다.

"바로 앞에 있는 여기 법당에는 검과 도가 있고 저쪽 옆에는 그 외의 기문병기들이 있어."

"그렇구나."

원익이 대기하고 있는 소림의 제자들을 보고 손뼉을 딱딱

쳤다.

"자자, 다시 시작이니까 힘내자."

"예!"

우렁찬 대답과 함께 다시 일이 시작되었다.

오랫동안 줄을 서고 있던 무인이 지친 얼굴로 원익의 앞에 와 목패와 증명서를 내민다. 무기를 맡기고 받은 목패와 무기 소지 증명서다.

원익은 목패를 옆의 승려에게 건네고 목패의 주인이 명부에 적힌 이가 맞는지 확인한다. 목패를 받은 승려는 병가의 관리 장부에 번호를 기입하고 대기하는 승려들과 속가제자들에게 목패를 준다.

승려들과 속가제자들은 목패를 받아 병가에서 무기를 챙겨 오고, 대신 목패를 그 자리에 걸어두는 식이다.

장건이 해야 하는 일도 바로 그것이었다.

일 자체는 어려운 편이 아니었다. 위험한 무기가 많으니 들고 나를 때 조심하기만 하면 되었다.

잠시 후, 순서를 기다려 장건도 목패를 받았다.

한 뼘만 한 크기의 목패에는 번호와 소림을 상징하는 용의 각인이 되어 있다.

"전(前) 을묘(乙卯) 십삼단(十三段)."

앞의 법당이 전이고 을묘는 선반의 순서, 십삼단은 선반에서 병기가 있는 위치다.

장건은 다른 이들처럼 성급히 뛰지 않고 가벼운 걸음으로 선반을 찾았다. 가볍게 걷고 있지만 급히 오가는 사람들에게 부딪히지 않고 신속하게 움직이고 있었다. 이제는 장건의 신법이 딱히 놀랄 일도 아니다.

워낙 많은 무기가 걸려 있어 그런지 선반들에서는 심한 쇠 냄새가 났다. 그 가운데 비릿한 피 냄새까지도 느껴지는 듯했다.

"묘…… 십삼단이면…… 열하나, 열둘…… 이거구나."

을묘 십삼단에 걸려 있는 것은 한 자루의 도였다. 옻칠을 한 향나무에 낡은 가죽을 두른 도집은 어디서나 볼 수 있는 평범한 도였다.

아마도 강호를 유랑하는 낭인이 들고 다니던 것 같았다.

장건은 무심코 도를 향해 손을 뻗다가 멈추었다.

"윽!"

장건의 얼굴이 질려 있었다.

"뭐, 뭐가 이렇게 더러워?"

도저히 손을 댈 수가 없어 보였다. 마치 오물통에 손을 넣는 듯한 기분이었다.

더러운 것을 보면 깨끗이 만들고 싶다는 생각이 들긴 하는 장건이었지만, 이렇게 더럽다고 느껴지기는 처음이었다. 아까 건신동공 이후 생긴 미묘한 변화였다.

"아아…… 이런 걸 어떻게 들고 다니지?"

장건은 괜히 혼자서 심각한 고민에 빠졌다.

아무래도 이런 것을 그냥 건네줄 수는 없을 것 같았다. 이런 걸 계속 들고 다니는 모습을 상상만 해도 끔찍하다.

"더러운 걸 깨끗하게 해 주면 좋아하겠지?"

그것은 장건의 생각일 뿐이었다. 무인들은 자기의 병기가 남의 손을 타는 것을 극도로 싫어하는 사람들이다.

그러나 불행히도 장건은 무림이란 세계를 잘 몰랐다.

장건은 마침 큰 검을 품에 안고 옆을 지나던 대팔을 보고 물었다.

"대팔아, 여기 혹시 소도(小刀)나 끌 같은 거 있어?"

병기를 보관하는 곳이니 어쩌면 병기를 다듬거나 하는 도구가 있을까 물은 것이었다. 대팔은 그런 걸 왜 찾느냐는 듯 어깨를 으쓱하더니 턱짓으로 선반 끝 쪽을 가리켰다.

"아까 보니까 망치랑 뭐 이것저것 있던데, 왜?"

그때 밖에서 대팔을 보고 소리쳤다.

"기자(己子) 이단(二段)! 아직 멀었어?"

"아, 지금 갑니다요!"

대팔은 더 물을 새도 없이 황급히 검을 들고 밖으로 나갔다.

장건은 낡은 도를 들고 선반 한쪽으로 가 도구 상자를 찾았다.

그리고는 잠시 고민했다.

"어떻게 해야 깨끗해지지?"

일단은 옻칠이 군데군데 벗겨진 것이 보기 좋지 않으니 그 것부터 어떻게 하는 게 좋을 것 같았다.

장건은 일단 가죽에 때가 타 거무죽죽한 부분을 소도로 떼어내고 도구 상자에서 사포(砂布)를 꺼내 도집을 문질렀다. 번질거리게 옻칠을 하고 싶었지만 그럴 여유도 없었고 하는 방법도 몰랐다.

사악 사악.

사포를 문지를 때마다 갈린 도집의 가루가 흩어져 내렸다. 군데군데 울퉁불퉁하던 도집의 겉면이 점점 매끈해졌다.

녹슨 금속 장식도 마음에 걸렸다. 녹을 벗겨내려고 사포로 문지르다 보니 금속 장식에 자잘한 흠이 패였다.

"윽!"

이대로 주면 남의 것을 망가뜨렸다고 욕을 먹을지도 몰랐다. 깨끗하게 정리해서 주는 것과 손상시켜 주는 건 다르다.

"에라 모르겠다."

장건은 소도에 기를 집중했다. 오래전 검성이 맨손으로 사과를 깎아준 것이 기억났다. 장건이 크게 감명을 받은 사건이었다.

나무칼로도 사과를 깎았는데 녹슨 부분을 쇠칼로 잘라내는 일이 어려울 것 같지는 않았다.

소도에 어스름하게 기가 맺혔다. 장건은 정신을 집중해 녹슨 부분과 흠이 난 부분을 소도로 깎아냈다.

슥.

쇠와 쇠가 부딪치는 데도 거친 소리가 나지 않고 매끈하게 잘려 나갔다.

"아, 된다."

장건은 완전히 심취해 있었다. 끌[鏺]과 줄칼[鉌]까지 꺼내들어 도집을 다듬었다. 다듬다 보니 도가 담겨 있는 것이 불편했다.

도의 주인이 자신의 도를 함부로 뽑은 장건을 봤다면 기절할 만큼 분노했을지도 몰랐다. 그러나 장건은 병가 안에서 아무런 방해도 받지 않고 도를 뽑을 수 있었다.

스르렁.

도를 뽑은 순간 장건은 또 한숨을 내뱉었다.

"산 너머 산이구나."

소유자가 나름대로 다듬은 듯했는데도 도의 날이 깨끗하지 못했다. 아무래도 보도(寶刀)나 명검(名劍)이 아니다 보니 오래 사용한 만큼 날이 닳고 낡은 건 어쩔 수 없는 일이었다.

특히나 사람 피와 뼈가 닿으면 더 빨리 상하기 마련이다. - 남들이 보기엔 멀쩡했지만 장건이 보기엔- 이도 좀 빠졌고, 도면(刀面)도 거칠거칠했다.

장건이 도구가 담긴 상자를 보니 숫돌과 검을 닦는 천도 들어 있었다.

빨리 가져다주어야 한다는 생각도 잊고, 장건은 덥썩 숫돌을 집어 들었다.

날이 있는 무기를 다룬 적이 없어서 어떻게 다듬어야 하는지는 몰랐지만, 숫돌로 간다는 건 알고 있었다.

장건은 쪼그리고 앉아서 숫돌로 도면을 밀었다.

카칵, 카칵.

물에 충분히 적시지 않은 맨숫돌로 갈다 보니 잘 되지 않고 힘이 드는 건 당연한 일이었다.

"잘 안 되네?"

장건은 입을 삐죽 내밀었다가 누가 이기나 보자는 심정으로 내공을 끌어 올렸다.

검이나 도에 기를 일으키는 것보다 훨씬 더 어려운 일임에도 숫돌에 기가 맺혔다.

사-악.

좀 전보다 숫돌이 부드럽게 움직였다.

투명하리만치 얇게 벗겨져 돌돌 말린 쇳조각이 바닥으로 떨어졌다. 어이없게도 칼을 간 것이 아니라 아예 도면을 얇게 벗겨낸 것이다! 굳이 그럴 거면 숫돌이 아니라 다른 어떤 것으로 했어도 상관없을 터다!

어쨌거나 숫돌이 지나간 자리는 매끈했다.

장건은 마음이 확 맑아지는 듯했다. 더러운 것이 깨끗해질 때의 기분이란 새 무공을 익히는 것만큼이나 상쾌한 일이다.

"좋아. 이렇게 하면 빠르겠어."

장건은 숫돌을 몇 번 움직이지 않고도 도를 새것보다도 더 말끔하게 만들 수 있었다.

장건은 번쩍거리는 도를 보며 기분이 좋아졌다. 낡고 지저분한 것을 정리하는 일은 언제 해도 즐거운 일이다.

한데 도를 들어 이리저리 훑어본 장건은 아직 뭔가 마음에 찜찜한 것이 남아 있다는 걸 느꼈다.

도가 너무 번쩍거렸다.

"우웅……."

깨끗해진 것은 좋았다.

그런데 너무 열심히 간 ―혹은 깎은― 탓인지, 날이 지독할 정도로 바짝 서 버렸다.

날카로운 예기가 흘러넘치다 못해 지나쳐서 섬뜩할 정도다. 살짝 닿기만 해도 베일 듯하다.

"너무 위험할 것 같잖아."

도라는 게 베기 위한 것이라고는 해도, 이 정도면 정도가 지나치다.

"깔끔하게 되긴 했는데……."

장건은 도를 이리저리 들어 살피다가, 결심한 듯 숫돌을 도날에 수직으로 대고 한 번 쭉 밀었다.

사―삭.

도면이 아니라 날이 깎여나갔다.

"이러면 되겠지."

장건은 흡족한 듯 도를 들고 웃었다. 날을 조금 깎아버렸지만 워낙 도신이 번쩍거려서 예기는 그대로인 것처럼 보였다.

"그래도 이건 좀 지나쳤나? 날이 너무……."

장건이 잠깐 고민하고 있는데, 시간이 지체되자 밖에서 장건을 찾는 소리가 들려왔다.

"을묘 십삼단, 아직 못 찾았냐!"

"지금 갑니다!"

장건은 도를 도집에 넣고 목패를 도가 있던 자리에 건 후 밖으로 달려 나갔다.

도의 소유자인 무인이 덥수룩하게 자란 수염을 쥐어뜯으며 지루하게 기다리고 있었다. 장건이 도를 승려에게 보이고 무인에게 건넸다.

"여기요."

장건이 도를 건네자 무인은 얼떨떨한 얼굴을 했다. 무인이 관리장부를 든 승려에게 말했다.

"이건 제 게 아닌데요?"

"예? 그럴 리가요."

무자배 승려가 장건에게 물었다.

"분명 목패에 적힌 자리에서 가져온 게 맞느냐?"

장건이 고개를 끄덕였다.

"네. 정확히 가져왔어요. 그 자리에 목패도 두고 온걸요."

"허어, 이런……."

승려가 턱수염의 무인에게 말했다.

"다시 한 번 확인해 보시지요. 본인 것이 아닌 게 확실합니까?"

"아닌 것 같은데…… 제 것 같기도 하고…… 일단 쥐 보십시오."

무인은 도를 받아들고 고개를 갸우뚱거렸다.

"이상하네……."

"뭐가 잘못되기라도 했습니까?"

"손잡이의 문양이나 장식 같은 걸 보면 제 것이 맞는 것도 같은데…… 손에도 딱 맞는 걸 보니 감촉도 제가 쓰던 검이 맞는 것도 같은데."

어지간한 삼류가 아니고서야 자기 병기를 못 알아 볼 리는 없는 노릇이었다.

"그럼 뭐가 문제입니까?"

무인이 도를 내밀어 보였다.

"이건 새거잖습니까요. 제 도는 아버지 대부터 써 오던 것이라 좀 오래된 것인데…… 보세요. 이건 장식도 번쩍거리고 칼집도 반듯하네요."

무인은 다시 알쏭달쏭한 얼굴을 했다.

"희한하네. 다시 보니 옻칠 된 자국이 오래된 것으로 보아 새것은 아닌데, 왜 이리 새것처럼 되었지?"

승려는 곤란한 얼굴을 했다.

병기는 무인에게 목숨이나 마찬가지인 터라 뒤바뀌게 되면 큰 고역을 치를 수도 있다.

그때 장건이 웃으면서 대답했다.

"그거, 제가 가져 오면서 좀 닦았어요."

"응?"

"뭐라고?"

무인도 놀라고 승려도 당황했다.

남의 병기에 손을 대다니! 그것은 무림에선 거의 금기나 마찬가지인 일이었다.

그걸 천연덕스러운, 아니 천진난만한 얼굴로 닦아 왔다고 하니 당황스럽기 그지없는 것이다.

무인이 황당해하며 도를 흔들어 보였다.

"그게 무슨 헛소리야! 남의 도에 왜 손을…… 아니! 그 전에, 어떻게 닦아야 헌 도가 이렇게 새것이 돼! 이거, 내 도를 잃어버리고 다른 걸로 바꿔친 거 아냐?"

"아녜요. 좀 낡아 보여서 일부러 깨끗하게 만들었어요. 음…… 마음에 안 드세요?"

무자배 승려가 끙 하고 신음을 내뱉으며 골치 아픈 듯 미간을 찡그렸다.

"사제, 이건 마음에 들고 말고 할 문제가 아니야. 다른 무인의 무기에 함부로 손을 대는 것은……."

역시나 무인의 세계는 어렵다. 장건은 풀이 꺾인 표정으로 고개를 떨구었다.

"죄송해요. 너무 낡아서 조금 손을 본다는 게."

턱수염의 무인이 도를 들고 소리를 질러댔다.

"이게 뭐야! 내 도를 돌려달란 말이야! 도대체 내 도는 어디에 팔아먹고 이따위를 주는 거야!"

뒤에서 줄을 서 있던 무인들이 웅성대기 시작했다.

"소림의 명성이 예전 같지 않다더니 그 말이 거짓이 아니었구먼."

"그러게 말일세. 남의 무기를 함부로 다루다니, 쯧쯧."

"소림의 평판이 바닥에 떨어지는 것도 시간 문제겠군."

해번소의 담당자인 원익에게도 난감한 일이다.

"하아, 이런 일이 벌어지다니."

턱수염의 무인은 사람들이 들으라는 듯 고래고래 소리를 질러댔다.

"이게 뭐야, 이게! 내 걸 원래대로 만들어 놓든지, 아니면 보상을 해주든지!"

무인은 소리를 지르면서 도를 뽑았다.

촤라랑—

"도대체 이따위 도를 어떻게 쓰라고 주……."

하지만 도를 뽑아든 순간 무인은 더 말을 잇지 못했다.

"헉!"

뒤에 줄을 서 있던 무인들 역시 눈이 휘둥그레졌다.

한낮의 태양빛을 받으며 모습을 드러낸 도에서 휘황찬란한 광채가 나고 있었다.

촤아아아—

야명주 같은 보석처럼, 도신은 새하얀 순백색의 광채를 내뿜어댔다. 눈이 시려서 쳐다도 보지 못할 만큼 아름답고 매끄러웠다.

오히려 삼류처럼 보이는 무인이 범상치 않은 도광(刀光)을 뿜어내는 도를 들고 있다는 것이 더 어색한 지경이었다.

"어…… 어어……."

불평으로 가득하던 무인도 할 말을 잃은 모양이었다. 무인은 조심스럽게 도면을 손으로 문질러 보았다.

뽀드득.

어찌나 도면이 매끄러운지 사기그릇을 문지를 때와 비슷한 소리가 났다.

"기, 기름도 안 발랐는데!"

나중에 동백기름이라도 구해서 도를 닦으면 기가 막히게 멋진 광택을 낼 것 같았다.

낡아서 제대로 썰 수나 있을까 싶던 자신의 도였다. 겉모습이 많이 변하긴 했어도 자신의 것임은 확실했다. 그런데 정작 뽑아보니 이것은 단순한 검이 아니라 어디에 내놓아도 손색없는 보도로 변해 있었던 것이다!

무인은 어벙벙한 얼굴로 장건을 보고 물었다.

"야, 약간 손을 보, 보았다고?"

장건이 머쓱한 얼굴을 했다.

"보니까 칼도 좀 지저분해 보여서…… 칼을 갈아봤어요."

무인은 다시 입을 쩍 벌렸다. 도신을 바꿔치기한 게 아니라는 듯, 도신의 끝부분에 새겨진 문양이 그대로였다.

장건이 고개를 꾸벅 숙였다.

"죄송합니다. 제가 멋모르고 무사님의 칼을 엉망으로 만들어서요."

무인은 정신이 번쩍 들었다.

"죄송하다니! 저야말로 고맙습니다. 고마워요!"

"네?"

관리장부를 든 승려가 물었다.

"혹시나 해서 한 번만 더 묻겠습니다. 시주님의 도가 아닌 것이 확실하지요?"

무인이 화들짝 놀라며 도를 도집에 집어넣었다.

"무슨 말씀입니까? 이건 제 도가 맞습니다. 제 것이 확실합니다."

"하지만 방금 전 까지는 아니라고……."

"아니, 저기요? 왜 그런 말씀을 하십니까? 제 도가 맞는데 저기 저분이 조금 손을 봤을 뿐이라고 하지 않으셨습니까. 그러니까 이건 제 도가 맞습니다."

장건이 말했다.

"저분이 아니고요, 그냥 저는 장건이라고 해요."

"헛! 장건? 소문의 그?"

이미 장건을 알아본 이도 있었지만, 무인은 전혀 장건을 알아보지 못한 모양이었다.

여파는 뒤에서 흘러나왔다.

"장건?"

"장 소협이었다고?"

"허어, 역시나…… 낭중지추라더니. 병기를 다루는 데에도 일가견이 있어. 그 짧은 시간에 어떻게 저 정도로 날을 벼릴 수 있지?"

"부럽구만. 아까 말하는 걸 들어보니 꽤 낡은 무기 같았는데."

무인들이 바라는 최고의 사치는 바로 좋은 병기다. 좋은 병기를 위해서라면 천금을 아끼지 않고, 심지어 목숨까지 걸기도 한다.

다시 빼앗아 갈까봐 걱정이 된 듯, 무인은 도를 확실히 품에 갈무리했다. 이리저리 사람들의 눈치까지도 보았다. 어설프게 보물을 가지고 있다가 목이 달아나는 경우가 있어서 주의를 기울일 수밖에 없었다.

"그럼 다음 분."

떨떠름하긴 하지만 본인이 좋다니 뭐 어쩔 수 있겠는가.

원익은 다음 사람을 불렀다.

차례가 된 무인이 원익의 앞으로 와 목패와 증명서를 내밀었다. 나이가 지긋한 무인이었다.

"험험, 이왕이면 제 것도 저 장 소협에게 손질을 맡겨보고 싶습니다만."

적잖은 나이에 나선 것이 무안했는지 노무인은 헛기침까지 하고 있었다.

원익이 곤란한 얼굴을 했다.

"하지만 시간이 걸려서……."

"허허허. 몇 달 며칠이 걸리는 것도 아닌데, 너무 심려하지 마시기 바랍니다. 다만 꼭 장 소협의 손에 제 검을 맡겨보고 싶습니다."

"허어……."

원익이 슬쩍 눈을 돌려 뒤를 보니 줄을 서고 있는 무인들의 눈이 초롱초롱하다.

무인이 왜 무인의 마음을 모르랴!

무인들에게 좋은 무기는 어떤 대가를 치르고서라도 얻고 싶어 하는 것 중 하나다. 좋은 무기일수록 돈으로는 환산할 수 없어 특별한 연이 닿아야 한다.

한데 지금은 뭔가 투자를 해야 하는 것도 아니요, 희생을 해야 하는 것도 아니었다.

그저 기다리기만 하면 되는 것이다. 기다리기만 하면 기연이 절로 굴러들어오는 것이다!

그런데 기다리지 못할 것이 뭐 있겠는가.

"우리도 좀 기다리지 뭐."

"그러게. 생각해 보니 우리가 너무 성급하게 호들갑을 떨었던 것 같네그려."

언제 불만을 표출했냐는 듯, 일부 무인들은 아예 자리에 편하게 앉기도 했다.

상황이 이렇다 보니 원익도 대충 가져가라고 할 수가 없었다. 당장이라도 터질 것 같던 이들이 불만 없이 기다려준다니 다행스럽지만, 정말 이래도 되는 것인지 쉽게 판단할 수가 없었다.

"괜찮겠느냐? 힘들 텐데."

원익이 조심스레 장건에게 묻자, 장건은 해맑게 웃으며 대답했다.

"저렇게 하는 건 별로 어렵지 않아요."

그 말에 노무인이 활짝 펴진 얼굴로 말했다.

"그래! 더 잘하고 못할 것도 없네. 딱 저렇게만, 저렇게만 해주게나."

"정말요? 딱 저렇게만?"

장건이 다소 의아하다는 듯 되물었다.

그러나 노무인은 장건의 표정이 말하는 의미를 알지 못하고 신이 나 외쳤다.

"그럼! 더도 말고 덜도 말고, 딱 저만큼만!"

*　　　*　　　*

장건은 아예 법당 안쪽 한구석에 자리를 잡고 앉았다.

병가에서 일하는 소림승들은 무기를 들고 기다렸다가 장건이 무기를 손질해주면 그것을 들고 주인에게 가져다주었다.

아무래도 그냥 가져다주는 것보다 시간이 더 걸리니 승려들의 입장에서야 귀찮기도 한 일이었다. 뭐하러 남의 무기를 손질해서 주나, 하는 것이다.

게다가 장건은 날만 벼리는 게 아니라 칼집까지 손을 보고 있었다.

보다 못한 승려 하나가 장건에게 말을 걸었다.

"그렇게까지 해줄 필요가 있나? 날만 다듬어 주면 될 것을……."

"그게 무슨 말씀이세요. 여기가 제일 지저분한데요. 날은 안 해도 검집은 해야 돼요."

장건이 때가 탄 수술을 흔들어 보였다. 검집에 매여 있는 끈목에 달린 치렁치렁한 수술은 붉은 수실을 꼬아 만든 것인데, 오래되어 색도 변했고 꼬질꼬질했다.

옆의 승려가 말을 건 승려를 나무랐다.

"내버려 둬라. 괜히 말 시키면 더 오래 걸리잖아."

"난 그냥……."

승려는 쩝 하고 입맛을 다시더니 입을 다물었다.

장건은 다시 일에 열중했다.

수술을 대야의 물속에 담갔다가 힘주어 쭉 손으로 훑는다.

잿물을 쓴 것도 아니고, 두어 번 손으로 훑었을 뿐인데 표백이라도 한 듯 수술이 본래의 새빨간 색을 되찾았다. 심하게 말하면 핏물을 뚝뚝 떨어뜨리는 듯하다.

"허……."

장건의 빨래 솜씨가 나름 정평이 나 있다고는 해도, 수술을 빠는 건 처음 보는 모습이었다.

사실 누가 수술을 닦을 생각이나 하겠는가? 매일 검집을 닦고 검날을 벼리는 부지런한 무인이라 할지라도 장식에 달린 수술을 닦는다는 것은 생각도 못해봤을 터였다.

그런데 장건은 그런 세심한 부분까지 신경을 쓰고 있는 것이다. 물론 보는 이들은 왜 장건이 남의 무기를 그렇게나 신경 써서 닦아 주는지조차 알 수 없는 노릇이다.

애초에 장건은 날을 다듬어 주려고 시작한 것이 아니었다. 더럽고 낡은 것이 보기 싫어 시작한 일이었으니 말이다.

장건은 검집의 고리 틈 사이사이에 끼인 먼지와 녹까지 소도로 깔끔하게 떼어냈다. 보는 사람이 다 진저리가 쳐질 정도로 꼼꼼한 모습이었다.

어느새 누추한 초가집 같던 검집이 새것이 되었다.

장건은 검집에서 검을 뽑았다.

소유자인 노무인이 부지런히 검을 손질했었는지 검신은 꽤 깔끔했다. 하지만 피나 사람의 기름이 닿을 수밖에 없는 검은 아무래도 색이 변질되기 마련이다.

눈에 딱히 뜨일 정도는 아니었지만 검면은 약간 회백색에 노릇한 색을 띠고 있고 검끝의 코는 손상을 입어 슬쩍 부러져 있었다. 물론 장건이 보기에나 그러하지, 다른 사람들이 보기엔 정성스레 잘 관리한 검이다.

장건은 숫돌을 들어 검면부터 싹 밀었다.

마치 검은 화선지에 흰 먹물로 일획(一劃)을 그은 것처럼, 숫돌이 지나간 부분은 새하얗게 되었다.

"허어!"

"이것 참!"

승려들의 입에서는 나오느니 황당한 웃음뿐이다.

무슨 숫돌로 그냥 쓱쓱 미는데 껍질이 벗겨지듯 퇴색된 부위가 밀려나가는 것이다. 한 꺼풀 벗은 검신이 뽀얗게 속살을 드러내고 전에 없는 광채를 선보인다.

몇 번 숫돌을 밀어 장건은 검면을 모두 하얗게 만들었다. 잘 보면 쇠 특유의 거무튀튀한 색은 맞다. 흰색이 아니다. 그런데 너무 반질거려서 흰색으로 보이는 것이다.

무자배 승려들은 장건이 공력을 사용하고 있음을 느꼈다. 운기하는 것이 아주 희미하게 느껴진다. 그러나 아직 왜 공력을 운기하는지는 몰랐다.

한 승려가 혼잣말처럼 중얼거렸다.

"숫돌은 물에 충분히 적셔서 사용해야 하는데…… 그래야 곱게 잘 갈리는데……."

그러나 장건에게는 그런 과정이 필요가 없었다.

스윽- 스윽.

숫돌이 오갈 때마다 얇은 쇳조각이 대팻밥처럼 동글동글 말려서 떨어진다.

승려들이 서로를 마주보았다.

그제야 왜 장건이 숫돌을 물에 적셔서 사용하지 않는지 알 수 있었다.

'숫돌로 검을 가는 게 아니었어!'

'이건 가는 게 아니라 숫제 깎아 버리는 거잖아!'

'이래도 되는 걸까?'

그러나 그 이전에 드는 궁금증.

어떻게 하면 숫돌로 담금질된 쇠를 깎을 수 있을까?

지켜보던 소왕무가 호기심에 남는 숫돌을 들어 옆에 뒹구는 놋쇠 대야에 대고 밀어 보았다.

끼이이이익-!

소름끼치는 쇳소리가 났다.

대야에는 당연히 긁힌 흔적이 남았다.

"아하하…… 아무나 되는 게 아니네. 죄송합니다아."

소왕무가 사형들을 향해 넙죽 고개를 숙였다. 그러나 승려들도 사실 물에 적시지도 않은 그냥 숫돌로 쇠를 밀면 어떻게 되는지 궁금했던 터라 소왕무를 타박하지는 않았다.

장건이 웃으면서 소왕무에게 말했다.

"당연히 그냥 하면 안 되고, 내공을 써야지. 너무 아끼면 안 돼."

장건으로서는 최대의 조언이었다. 그러나 뭘 아끼라는 건지 알 수 없는 소왕무는 투덜거렸다.

"숫돌을 들고 있는데 내공을 어떻게 쓰냐. 그건 너나 되는 거지."

"아냐. 최소한으로 내공을 불어 넣어서 숫돌을 감싸듯 하면 돼."

"아, 그건 너나 되는 거라니까?"

호기심이 동하는 건 다들 마찬가지다.

"어디 보자."

무자배의 승려 한 명이 소왕무의 손에서 숫돌을 낚아채 갔다. 그리고는 공력을 운기했다.

장건의 말대로라면 장건은 검기와 같은 기운을 일으키고 있는 셈이다.

고수들은 나뭇가지에도 검기를 불어넣고 지푸라기로 바위도 가른다 하지만, 숫돌에 검기를 넣는다는 것은 어딘가 황당하기 그지없다.

승려는 공력을 일으켜 숫돌에 내공을 불어 넣고 있었으나 잘 되지 않았다. 너무 약하게 내공을 담으려 하면 기운이 숫돌에 머물지 않고, 너무 강하게 담으면 깨질 게 분명하다. 당연히 승려가 좀 더 내공을 담자 어느 순간.

파삭!

숫돌이 깨져버렸다.

"음……."

정말 아무나 되는 게 아니다. 검기를 쉽게 일으키는 고수라도 숫돌에 여기(礪氣)를 일으키는 건 못할 게 분명하다. 기는 대상의 형태에도 많은 영향을 받기 때문이다.

다른 이들이 장건의 수법에 대해 생각하는 동안, 이미 장건은 검의 손질을 마쳤다. 마지막으로 무시무시한 예기를 뿜는 검을 들더니 검날에 숫돌을 대고 가볍게 미는 것으로 마무리했다.

싹!

옆면이 아니라 날카로운 날에 수직으로 숫돌을 대고 가는 것은 분명 이상한 일이었다.

기껏 잘 갈아놓은 날을 숫돌로 밀다니?

그러나 승려들은 이미 이상한 일을 현재에도 보고 있는 터라 그냥 그렇게 해야 되나 보다 하고 말았다.

여러 번 날을 숫돌로 밀어 날을 무디게 만드는 것도 아니고, 딱 한 번 밀었다. 검은 여전히 생생한 예기를 품고 있는 것이다. 오히려 너무 예리해지면 검날이 상하기 쉬우니 살짝 날을 가다듬는 줄로만 알았다.

"다 됐어요."

장건이 검 한 자루를 손질하는 데에는 고작 차 한 잔 마실 시간도 걸리지 않았다. 그것만으로도 검은 새것이 되어 있었다.

"아아, 기분 좋다."

장건은 검을 들고 뿌듯해했다. 원래도 어느 정도는 잘 손질되어 있긴 했지만, 낡은 고검(古劍)이 신검(新劍)이 되어 기분이 좋았다.

하지만 장건이 보았을 때에나 그렇지, 남들이 보기에 그것은 신검(神劍)이나 마찬가지였다.

노무인이 자신의 검을 받고 기쁨의 눈물을 그렁거린 것은 지극히 당연한 일이었다.

제 5 장

신병(神兵)의 위력

홍오의 정신은 극도로 불안정했다.

화가 나서 다 때려 부수고 싶다가도, 장건만 생각하면 헤벌쭉 웃음이 났다. 그러다가도 또 화가 나서 미칠 것 같았다.

물어물어 장건을 찾아가는 그 동안에도 홍오는 수백 번이나 심경의 변화를 느끼며 고통스러워했다.

"지금 건이가 뭐 한다고?"

장건이 남의 칼이나 갈고 있다는 얘기를 듣고서는 줄 선 무인들을 다 때려죽이고 싶다는 충동까지 들었다. 병가가 있는 법당 안으로 들어와 장건을 만나기까지 일 각 이상의 시간이 소요되었다면 분명 그랬을지도 몰랐다.

그러나 장건을 보는 순간, 홍오는 노여움을 잊었다.

장건을 위해 최초로 굉목을 버렸다. 앞으로 무엇을 더 버리게 될지는 몰라도 장건을 위해서라면 못 버릴 게 없었다. 그런 그가 장건을 보고 화를 낸다는 것은 말도 되지 않는 일이었다.

그래서 홍오는 아무 말 없이 장건의 옆에서 쭈그리고 앉았다.

구시렁거리는 정도는 했다.

"에이잉! 누가 너한테 칼을 갈라고 했느냐? 대체 누구야, 우리 건이에게 칼갈이를 시킨 놈이? 저 원익이란 뼈다귀 놈이지? 내가 혼 좀 내주랴?"

장건이 대답했다.

"제가 좋아서 하는 거예요. 보세요. 이렇게 깨끗해지면 기분이 좋잖아요."

"네 것도 아니고, 남의 건데 뭐하러 애를 써?"

"이런 걸 들고 다니면 민폐죠. 보는 사람이 기분이 안 좋잖아요."

물론 장건 본인이나 그럴 터다.

"에이잉!"

홍오는 못내 마땅찮은 듯 돌아앉았다. 그러나 바로 다시 몸을 돌렸다.

"아무리 생각해도 이건 너무 퍼주는 것 같구나."

홍오와 장건, 둘의 주변에는 아무도 없었다. 무기를 든 승려와 속가제자들도 멀찍이 떨어져 있었다. 그렇잖아도 홍오의 성격이 워낙에 괴팍한데 오늘따라 수상한 낌새가 보여 근처에 있고 싶지 않은 것이다.

"아무래도 안 되겠다."

홍오가 무언가를 결심한 듯 말했다. 그의 눈동자에서 순간적으로 적색 기운이 감돌았다가 사라졌다. 그러더니 장난기가 잔뜩 감돈다.

"너도 생각해 보거라. 이런 일을 공짜로 해주는 건 미친놈밖에 없단다."

"네? 그럼 제가 미친 건가요?"

홍오가 갑자기 고함을 질렀다.

"아니, 어떤 놈이 너한테 미쳤다고 했느냐! 내 그런 놈을 보면 당장 잡아서 아가리를…… 거기 너냐? 아니면 벽 쪽에 너냐?"

뒤에 일렬로 대기하던 승려들이 흠칫거렸다.

장건이 고개를 슬쩍 갸웃거리며 홍오를 보았다.

"대사님, 괜찮으세요? 오늘따라 왠지 기운이 팔팔하신 거 같아요."

홍오는 갑자기 껄껄 웃었다.

"아니다. 내 좋은 생각이 나서 그런다."

무언가 횡설수설하는 듯하면서도 말은 똑바르다.

"무슨 생각이요?"

"손질을 해주고 일정액 소림에 기부를 받는 것이지. 보통은 희사(喜捨)라고 한다만."

"이걸 돈을 받아요?"

장건의 눈이 잠시 반짝거렸다.

"당연하지. 그럼 세상에 공짜가 어디 있냐?"

"하지만……."

"쯧쯧. 너, 그럼 안 된다. 네가 이걸 다 공짜로 해주면 대장
장이들은 어떻게 먹고 살겠냐? 숫돌 파는 사람은? 칼집의 장
식을 만드는 사람은?"

장건이 '아차!' 하고 고개를 끄덕였다.

"아이고. 제가 그분들 생각을 못 했네요."

"거 봐라. 그뿐이냐? 네가 이걸 하느라고 해번소의 일이 더
뎌졌잖아. 다른 사람들 생각도 좀 해야지."

"그럼 어쩌죠?"

"뭘 어째? 방금 말했잖아. 기부를 받자고. 그러면 소림으로
서도 좋은 일이고. 이 쓸모없는 칼을 들고 다니던 놈들도 새
칼이 생기면서 동시에 부처님께 공덕을 쌓을 수 있게 되니, 서
로가 좋은 일이 아니겠느냐."

"그러네요. 그래도…… 겨우 이런 일을 하고 돈을 받는다는
게 좀 내키진 않아요."

그러면서도 장건은 '돈'이라는 말에 귀가 솔깃한 듯했다.
'내가 보기 안 좋아 시작한 일인데……' 하고 중얼거리면서도
자꾸만 돈에 대한 욕심이 생기는 모양이다.

"걱정 마라. 나머진 다 내가 알아서 할 테니. 지금 손질한
거나 이리 다오."

홍오가 장건의 어깨를 토닥였다. 순간 장건의 어깨가 움찔
하며 흔들렸다.

'어?'

장건은 홍오의 손이 닿은 순간에 왠지 모를 뜨거운 기운을
느꼈다. 실제로 피부가 뜨거운 게 아니라 기가 뜨거운 듯 느껴
졌다.

그러나 홍오는 그것도 모르는 모양이었다.

"자, 그럼 좋은 일을 하러 가보실까나? 우리 건이가 오늘 부
처님께 큰 공덕을 쌓게 도와야지!"

홍오는 자리에서 일어나 법당 밖을 향해 걸음을 옮겼다. 줄
을 서 있던 승려들이 우르르르 옆으로 비켜섰다.

"뭐야? 너희들, 뭐 못 볼 거라도 봤냐!"

괜히 그들을 향해 윽박지른 홍오가 '껄껄' 웃으며 다시 걸
음을 옮겼다.

소림승들은 불안한 눈길로 서로를 마주보았다.

'이상하게 근간에 조용하시다 싶더니……'

'오늘따라 정도가 더 심하신 것 같네.'

그러나 그들도 어람봉에서 핑목이 피투성이가 된 채 혼절해
있다는 사실은 전혀 모르고 있었다.

                    *   *   *

　"오오오!"

　"하아아……!"

　장건의 손에서 건네진 병기들을 받은 무인들은 기쁨의 환호
성을 질러대고 있었다.

　겨우 일다경이나 될까 말까 한 시간이면 오래된 병기를 새
것처럼 만들어 온다 ―심지어 그 시간도 왠지 모르게 점점 더
빨라지고 있는 듯했다―.

　단순히 겉만 그런 것이 아니라 병기의 생명이라고 할 수 있
는 날이 번쩍번쩍하며 어지간한 보검 못지않은 상태가 되어
오는 것이다.

　어떤 방식으로 날을 벼리는지 모르겠지만, 명인이라 불릴
만큼 숙련된 장인이라 할지라도 이 정도로 잘할 수는 없을 것
같았다.

　다들 신기해 병기를 꺼내보고 이리저리 살펴본다.

　그렇게 하도 여기저기서 번쩍거리다 보니 기다리는 사람들
의 입에서 불만도 터져 나왔다.

　"거 신성한 소림에서 자꾸 날붙이들을 휘두르지 맙시다."

　"그러다가 옆에 있는 사람이라도 다치면 어쩔 거요?"

　그러면서도 무기를 돌려주는 일이 너무 늦다고 불평하는 사
람은 단 한 명도 없었다.

몇 배나 좋아진 자신의 무기를 들고 감탄하던 무인들은 민망한 얼굴로 무기를 갈무리했다.

"미안하게 됐소."

"죄송합니다."

사과를 하면서도 여전히 그들의 얼굴에서는 웃음기가 떠나지 않고 있었다.

불평불만을 하던 이들도 딱히 더 다그치지는 않았다. 좀 있으면 그들도 보검을 손에 쥘 수 있게 될 터이니 말이다.

그런데 그때.

법당에서 나온 홍오가 원익의 옆에 서서 큰 소리로 외쳤다.

"강호의 뭇 동도들에게 고하네─!"

쩌렁거리는 목소리가 해번소를 울렸다.

적지 않은 연배의 노승이 말을 꺼내자 이목이 집중될 수밖에 없었다.

"좋은 병기를 소유하는 것은 어떤 무인이라도 탐내는 것이며, 또한 좋은 병기는 소유한 자의 무력을 능히 몇 배나 상승시켜주네."

홍오의 말을 수많은 무인들이 경청했다.

"본래 공짜로 재물을 얻으면 쉬이 탕진하듯, 좋은 병기 역시 그만한 대가를 치러야 값어치를 할 수 있는 법. 하나 소림은 사찰인 바, 그러한 대가를 요구하지 않네."

무인들이 기쁨에 찬 목소리로 동조했다. 그렇지 않아도 이런 복을 얻었는데 혹여 뭐라도 내놓으라 하지 않을까 마음을 졸이던 차다.

"역시 소림입니다!"

"오늘 소림이 베푼 은혜는 강호사에서 천년이 지나도록 회자될 것입니다!"

여기저기서 환호가 터져 나오자 홍오가 웃으면서 고개를 끄덕였다.

그리고 말했다.

"바로 그러하네! 은혜를 원수로 갚고서야 어디 사람노릇을 할 수 있겠는가! 그러니 오늘 은혜를 받은 이들은 마땅히 부처님께 공덕을 쌓아 오늘의 일이 천추에 새겨지도록 해야 할 것일세."

"……."

"……."

무인들이 어리둥절한 얼굴로 서로를 돌아보았다. 뭔가 앞뒤가 안 맞는 듯한 얘기다.

"이게 무슨 말이지?"

"글쎄……?"

홍오가 다시 말했다.

"살생을 일삼고 혈해(血海)에 파묻혀 사는 무인들이 부처님께 공덕을 쌓을 수 있는 방법이 뭐가 있는지 궁금할 것이네. 지금부터 내가 알려주지. 그중 가장 쉬운 방법은 바로 사찰에 시주를 하는 것일세."

한 무인이 언성을 높여 물었다.

"어떤 사찰이나 상관없습니까?"

"당연히 상관이 없지. 부처님을 모시는 사찰이 선종이든 교종이든 유파가 무슨 상관이며, 어디에 있는지가 무에 중요하겠는고?"

무인들이 고개를 끄덕거렸다.

그렇잖아도 너무 쉽게 기연을 얻어 불편하던 참이었다. 나중에라도 기회가 되면 사찰에 가 희사를 하는 건 어렵지도 않은 일이다.

이어 홍오가 나직한 목소리로, 하지만 내공을 실어 모든 이들이 들리도록 말했다.

"한데…… 가뜩이나 요즘 중의 흉내를 내며 사람을 홀려 돈만 챙기는 절 같지 않은 절들도 횡행한다는 마당에…… 혹여나 자네들이 그런 곳을 간다면 어떻게 될까? 기껏 쌓으려 했던 공덕도 물거품이 되고 말 게야. 쯧쯧. 사실 뭐 멀리 찾을 필요가 있겠나? 천하제일사찰을 눈앞에 두고 말이지. 바로 이곳에서 공덕을 쌓는 것이 가장 편한 일이 아니겠느냔 말일세."

"……."

"……."

무인들의 얼굴이 순식간에 일그러졌다.

쉽게 말하면 돈을 내놓으라는 뜻이었다.

하지만 어디에나 반항적인 기질을 가진 이는 있는 법.

"지금 가진 것이 없는 사람은 어쩝니까요?"

홍오가 별안간 왈칵 성을 낸다.

"노력도 않겠다, 공덕도 쌓지 않겠다! 그런 놈에게는 본사가 굳이 은혜를 베풀 필요가 없지 않겠는가! 어차피 그런 놈들은 은혜를 원수로 갚을 놈들이야! 나는, 내 이 비루한 몸뚱이가 지옥에 떨어지더라도 그런 놈들에게 차라리 살계를 열어 본보기를 보이는 게 낫다 생각하는 게 신조인 사람이야!"

누가 시킨 사람도 없는데 홍오는 방방 뛰기까지 했다. 흥분했는지 말도 뒤엉켜, 듣다보면 뭔가 이상하다.

지켜보던 원익은 어이가 없어졌다. 아무리 평소에 하는 짓마다 말썽이고 젊었을 때에는 훨씬 더 심했다지만, 대놓고 협박하며 돈을 요구하는 건 아니지 않은가!

"사백조님!"

원익이 급히 홍오를 말리려 들었다.

"이거 놔라! 내 당장 그 나쁜 놈들에게 지옥불의 뜨거운 맛을 보여줄 게다. 어디 있어! 이 금수만도 못한 놈들!"

홍오가 그렇게 흥분하다 보니 말리는 원익은 오히려 바람잡이처럼 홍오를 거든 셈이 되고 말았다.

하지만 뭇 무인들은 경악을 금치 못했다.

원자배의 원익이 사백조라 불렀다. 현재의 소림에 원자배가 사백조라 칭할 수 있는 사람은 단 한 명뿐인 것이다.

"호, 홍오 대사!"

이미 긴가민가하던 무인들도 홍오의 정체를 확실히 알았다.

무인들은 마른침을 꿀꺽 삼켰다.

너무 어린 나이의 무인들을 제외한다면 홍오의 살아있는 전설을 모르는 이는 흔치 않다.

"저 성정 때문에 소림의 산문을 벗어나지 못하는 신세가 되었다더니……."

"헛소문이 아니었네그려."

"나이를 먹은 지금도 저러하니 예전에야……."

그러나 지금은 홍오의 과거 행적이 중요한 때가 아니다. 돈 몇 푼으로 자신의 검을 보검으로 만들 수 있다면 아까운 일은 아닌 것이다.

공짜인 줄 알았다가 돈을 내야 하니 기분이 나쁠 뿐, 이 정도면 싸게 먹히는 셈이다.

곧 홍오는 원익의 옆에 자리를 잡고 앉았다. 그새 어디서 구해왔는지 빈 가죽 포대까지 앞에다 두었다. 동냥하는 거지같은 모양새라 원익의 눈살이 찌푸려졌지만 홍오에게 뭐라 말할 수 있는 처지가 아니다.

"자자! 목패와 증명서는 이쪽으로, 그리고 희사는 잠시 임시로나마 내가 받도록 하지."

그리고서 홍오는 원익에게 '나 잘했지?' 하는 투로 뒤돌아보았다.

"예예, 사백조께서 그리 하신다는데 제가 어쩌겠습니까. 다만……"

"다만? 다만, 뭐?"

홍오가 눈을 부라렸다. 원익은 심하다고 생각할 정도로 저릿한 살기를 느꼈다.

홍오가 낮게 으르렁거리며 말했다.

"똑바로 하란 말이야. 우리 건이가 제대로 된 대접을 받을 수 있게. 도대체가 시건방지게 우리 건이에게 칼갈이를 시켜? 이 뼈를 갈아먹어도 시원치 않은 놈."

원익은 모골이 다 송연했다. 어떻게 중의 입에서 뼈를 갈아먹겠다는 말이 나올 수 있단 말인가!

"사, 사백조님의 명대로 하겠습니다."

"네놈은 운이 좋은 줄 알아라. 우리 건이가 워낙 착해빠져서 봐 주는 거니까."

말끝마다 '우리 건이'가 나오는 것도 으스스한 기분이었다. 하지만 원익은 홍오가 단순히 기분이 나쁜 것으로만 생각했다. 무공에 큰 뜻이 없던 그에게는 얼핏얼핏 비치는 홍오의 살기를 견디는 것만으로도 큰 고역이었다.

홍오가 외쳤다.

"자자, 공덕을 쌓는 것은 재화의 양에 비례하는 것이야. 아깝다 생각하면 수만금을 희사했어도 공덕이 다 물거품이 되어버려. 좋은 무기를 하나 구했다 생각하고 기쁜 마음으로 희사하시게!"

장사를 해도 이렇게 뻔뻔한 이는 몇 되지 않을 터였다.

다들 떫은 감을 씹은 듯한 얼굴이었지만 명분 아닌 명분이 있기에 홍오를 타박할 수도 없었다. 거기에는 홍오의 악명도 한몫을 한 게 분명하지만 말이다.

곧 한 무인이 내민 은원보를 보고 홍오가 짐짓 인상을 쓰며 말하고 있다.

"어허, 이거 너무 적지 않나?"

"대사님, 제가 가진 게 그뿐인지라……."

"쯧쯧. 사람들이 이렇게 인색해요. 아! 막말로 이거 내가 잘살자고 하는 짓인가? 다 소림을 위해서, 그리고 자네들을 위해서 희사를 받는 건데 말이야. 사람들이 그런 걸 몰라요, 에잉."

거의 흥정하듯 홍오는 희사를 받고 있었다.

얼마 지나지 않아 홍오의 가죽 포대는 꽤 묵직해졌다. 온갖 동전과 금원보, 은원보 등이 포대에 가득했다.

그렇게 홍오가 장사 아닌 장사를 하고 있는 사이, 멀리 정문에서 한 명의 무인이 달려오며 큰 소리로 외쳤다.

"소림에서 드디어 결정이 났네!"

뭇 무인들이 소리친 이를 돌아보았다.

"소림에서 정식으로 중재를 하기로 했으니 시비를 가리고 싶은 이는 탑림 인근의 연무대로 오라는 전언일세!"

무기를 이미 찾은 무인들도 아직 시비를 해결하지 못해 소림의 답을 기다리며 서성이던 차였다.

"잘 됐군!"

"이쪽이야말로!"

처음 시비가 붙었던 칠철환 구력을 위시하여 뭉친 쪽과 삼절문, 기령파, 천우문의 무인들이 서로를 노려보며 무기를 꼬나 쥐었다.

매풍검 삼다강이 근사하게 번쩍거리는 검을 들고 칠철환 구력을 향해 소리쳤다.

"이제 와서 물러날 생각은 아니겠지?"

"우하하하! 노부를 어찌 보고 그런 망발인가. 노부와 풀어야 할 것이 있는 자들까지 이참에 모두 정리해주마."

칠철환 구력은 사람 몸통만 한 일곱 개의 쇠고리를 짤랑거리며 큰 소리로 웃었다. 그의 독문병기인 칠철환도 장건의 손길을 받아 휘황찬란하게 빛나고 있다. 원래 검은 색이었던 칠철환도 무시무시한 예기를 뿌려대 보는 것만으로도 간담이 서늘할 지경이다.

무인의 천성상 좋은 무기를 들면 쓰고 싶은 마음이 들기 마련이었다. 새로운(?) 무기를 소유하게 된 무인들은 손이 근질거렸다.

원한 관계나 시비가 붙은 무인들은 물론이고, 곧 그 외의 무인들까지도 우르르 탑림 쪽으로 몰려가기 시작했다.

희사를 챙기고 있던 홍오는 그 모습에 입맛을 쩝 다셨다. 아직도 줄은 길게 늘어져 있었다. 장건이 무기를 손질해주면 신병이 된다는 소문이 퍼져 오히려 사람은 더 늘었다.

"에이잉, 내 우리 건이만 아니었어도 저 재미있는 구경을 놓치지는 않았을 것을. 하여간 희한한 놈들이야. 저따위로 칼을 갈아주는데 뭐가 좋다고 히히덕거리는지."

홍오는 투덜대면서 새 가죽 포대를 가져와 입구를 활짝 열었다.

* * *

소림사의 본사 내원은 산을 등지고 있다. 앞쪽으로 여러 전각과 법당이 있는 외원을 둥그렇게 감싼 형태다. 탑림은 그 외원에서도 거의 바깥인 외곽 쪽에 위치해 있고, 일반 향객들의 왕림은 적은 편이다. 대부분은 멀리서 탑림의 웅장함을 보고 감탄할 뿐이다.

그곳의 한편에 단으로 구분하지 않고 널찍이 펼쳐진 공터가 있다. 구조가 몇 번이나 변경되면서 지금은 사용하지 않게 된 오래된 연무장이다.

원호는 몇몇 원주들과 나한승들을 대동하고 그곳에 자리했다. 시시비비를 가리기 위해 찾아온 무인들이 연무장 안에 무리지어 서 있었다.

무공 교두인 원우가 조심스레 원호에게 물었다.

"탑림이 너무 소란스러워지지 않겠습니까? 아무래도 장소를 옮기는 것이……."

탑림은 소림을 대표하는 장소이며 성소이기도 하다. 이곳에서 피 튀는 혈전이 벌어지기라도 한다면 조사들을 볼 면목이 없을지도 모른다.

하지만 원호는 고개를 저었다.

"오히려 그래서 이곳으로 정했네. 설마하니 이곳에서 큰일이야 벌어지겠는가?"

틀린 말은 아니었지만 원우를 비롯해 원주 몇은 걱정스러운 얼굴이다.

생각보다 사람들이 많이 몰리고 있다.

탑림의 연무장에는 소림이 중재한다는 얘기가 돌면서 남자 무인들뿐 아니라 여자 무인들까지도 상당수 몰려와 있었다. 벌써 수백 명은 되어 보이는데 아직도 하나둘씩 계속해서 모인다.

찾는 이유도 다양했다. 얽힌 원한뿐 아니라 소림에서 만난 인연도 시비의 이유가 되었다. 좋아하는 여인과 삼각관계가 되었다든가, 그저 단순히 호승심에 겨뤄볼 생각으로 왔다든가 하는 일도 있었다.

소림에서 생각하는 것과 달리, 무인들은 이번 일을 작은 무림대회로 생각하고 있는 것이다.

원호는 가만히 몰려든 무인들을 훑어보았다.

최초 발단이 되었던 삼절문과 매풍검, 그리고 칠철환 구력을 중심으로 크게 세력이 양분된 형태이고, 사소한 이유로 온 이들도 드문드문 무리를 짓고 있었다.

개인적인 비무는 일단 차치하고 큰 건부터 치리하는 게 옳은 수순이다. 자칫 시비가 더 번지면 개인적인 시비나 용무까지도 휘말릴 수 있다.

결정을 내린 원호가 말했다.

"본사에서 중재하기로 한 것은 가급적 원만히 일을 해결하기 위함이오. 강호의 원한이 끝없이 긴 실타래처럼 얽혀있다 하나 아량의 마음을 가진다면 해결되지 않을 것은 없다고 보오."

나서기 좋아하는 백미창응 주오렴이 앞으로 걸어 나와 포권했다.

"섬서에서 온 주오렴이라 하오. 대사의 말씀은 극히 정당하나, 우리는 무인이니 그에 맞는 중재를 해주셨으면 하고 요청하는 바이오."

"그럼 귀하께서 원하시는 바는 무엇이오이까?"

주오렴이 무리진 무인들을 보며 말했다.

"여기 모인 모두가 사사로이 일을 해결하기는 어려울 것이외다. 그렇다면 일단 양측의 대표를 몇 선정하여 승부를 내는 것이 어떨까 제안하오."

매풍검 삼다강과 칠철환 구력이 동의했다.

"좋소."

"소림에서 허락만 해주신다면 그에 따르리다."

원호가 원주들을 쳐다보았다. 원주들이 고개를 끄덕였다. 이미 그렇게 하려 했는데 먼저 말을 꺼내주니 편한 일이었다. 게다가 그것이 지금으로서는 가장 합리적인 방법이었다.

기령파와 칠철환 등의 문제가 해결되면 나머지는 쉬운 일이다.

결국 양쪽에서 세 명의 대표를 정해 비무를 벌이기로 했다.

원우가 비무의 주재로 나섰다.

"첫 번째 비무를 시작하겠습니다. 대표가 되신 분은 앞으로 나서 주십시오."

자고이래(自古以來) 처음부터 고수가 나서는 법은 없는 것이다.

삼십 대 초반의 나이인 천우문의 제자 유장붕이 주변의 허락을 받고서 앞으로 나왔다.

"첫 상대는 나 유장붕이다! 천우문은 상대를 가리지 않는다. 칠철환 구력! 앞으로 나오라."

칠철환 구력은 혀를 끌끌 찬다. 그는 유장붕보다 몇 수나 위의 고수였다. 원한 관계가 있으니 나가서 당장에 요절을 내고 싶으나 체면이 상한다.

다들 새로 얻은 무기를 시험해보고 싶긴 했다. 그래도 비무 상대로는 적당한 실력이 나서는 것이 비무의 묵시적인 법칙이다. 칠철환 구력과 친분이 있는 장량문(長良門)의 이십 대 젊은 제자가 낫처럼 생긴 긴 쇄겸도(鎖鎌刀)를 들고 나왔다.

"어디 네까짓 잡배가 구 선배께 도전을 하느냐! 나 장량문의 완첨이 네 상대를 해주겠다."

유장붕과 완첨이 급히 정리한 비무대로 올라섰다.

원우가 말했다.

"한쪽이 패했다 인정하거나 더 이상 승부를 겨루기 어려운 경우가 되면 빈승의 전권으로 승부를 종결지을 것입니다. 이의가 있으십니까?"

유장붕과 완첨이 동시에 대답했다.

"없소!"

원우가 마지막으로 한마디를 더 하고 물러섰다.

"아시다시피 이곳은 소림의 성소인 탑림이니, 최선을 다하는 것은 좋으나 손끝에 일말의 사정을 담아 주시기를 부탁드립니다."

무인들이 무기를 들고 싸우다 보면 피를 보는 거야 어쩔 수 없는 일이라 하더라도 패자에게 최소한의 자비는 베풀라는 뜻이다.

"동의합니다."

"대사님의 말씀을 따르겠소."

이어 유장붕과 완첨이 서로를 잡아먹을 듯 노려보며 각자의 무기를 뽑아들었다.

창!

유장붕의 검이 뿌연 광채를 발하며 모습을 드러냈고, 낫처럼 생긴 완첨의 쇄겸도가 마찬가지로 무시무시한 예기를 뿜어냈다.

둘의 무기는 바라보기만 해도 살이 에일 것처럼 날카로웠다. 특히나 완첨의 쇄겸도는 섬뜩하리만치 맑게 빛나고 있었다.

"허!"

좌중이 술렁였다.

아직 해번소에서 벌어진 일을 모르는 이들은 깜짝 놀랐다.

"천우문의 유장봉이 그렇게 대단한 자였던가?"

"그럴 리가…… 이런 말 하긴 뭐하지만, 천우문은 그리 대단한 문파가 아닐 텐데."

"그러면 어떻게 일반 제자가 저런 명검을 들고 있을 수 있단 말인가?"

여자들도 놀라긴 마찬가지였다.

"장량문은 삼류인 줄 알았는데……."

"완첨이란 사람, 지난번에 나한테 치근덕대기에 코웃음을 쳐버렸지 뭐야. 설마 저런 보도를 물려받을 정도의 기대주인 줄 몰랐거든. 이번 비무에 이기면 생각 좀 해봐야겠어."

원호와 각대 원주들도 자못 놀랐다.

천우문이나 장량문이나 그저 그런 문파다. 한데 둘이 들고 있는 무기에서는 범상치 않은 예기가 느껴진다. 가히 명검과 보도로 꼽힐 만하다.

저 정도의 예기면 어지간한 나무쯤은 큰 공력 없이도 가를 수 있어 보였다.

원호와 원당이 전음을 주고받았다.

『사형, 첫 비무부터 주의해야겠습니다. 병기가 너무 날카로워 자칫 큰일이 벌어질지도 모르겠습니다.』

『나도 같은 생각일세. 어떻게 천우문과 장량문에서 저러한 보물을 얻게 되었을꼬.』

소림승들은 불의의 사태에 대비해 잔뜩 긴장했다.

그러나 장건의 손을 탄 무기를 지니고 있는 무인들은 정반대의 모습이었다. 그들은 자신의 무기를 쓰다듬으면서 흥분 반, 기대 반의 모습으로 유장붕과 완첨의 비무를 지켜보고 있었다. 일종의 대리만족 같은 기분이다.

차랑!

햇살이 가뜩이나 창연해 둘의 무기에서 뿜는 빛은 보는 이들을 괴롭게 할 정도다.

그럼에도 유장붕이나 완첨, 본인들은 엄청난 무기를 손에 쥔 터라 평소보다 더 흥분해 있었다. 마치 자신들이 초고수라도 된 양 잔뜩 들떴다. 약간의 과장을 더해, 지금이라면 우내 십존하고 싸워도 지지 않을 듯 자신감이 충만하다.

"덤벼보아라, 애송이!"

"그 버릇없는 입을 세로로 쪼개주마!"

유장붕이 천우문의 검법으로 완첨을 공격해갔다. 천문일도(天門一道)의 검초로 완첨의 허벅지와 허리를 동시에 베었다.

완첨이 장량문의 독문 수법인 구장보(龜丈步)를 밟으며 몸을 뒤로 뉘였다.

싸악!

검이 스쳐가자 완첨은 솜털이 곤두섰다. 검기를 일으킬 실력도 되지 않는데 소름이 끼치게 날카로운 검풍이 느껴진다.

그제야 완첨은 상대도 자신의 쇄겸도와 마찬가지로 장건이 손질한 무기를 들고 있음을 깨달았다. 무기가 바뀐 것은 자신만이 아니다. 자신의 검이 좋아졌다고 흥분할 때가 아니었다.

"흥! 천우문의 검이 겨우 이 정도냐!"

스쳐간 검의 예리함에 놀란 가슴을 진정시키며 완첨도 공세로 전환했다.

쇄겸도는 긴 낫처럼 생긴 기형도(奇形刀)다. 일반적인 도법과 다르게 무겁지 않으면서도 치명적인 위력을 가지고 있다.

파공성을 울리며 완첨의 쇄겸도가 빙글 돌았다. 유장붕이 급히 보법을 밟으며 두어 번의 공격은 흘리고 나머지는 검으로 받았다.

짜랑!

둘의 무기가 마주치며 영롱한 소리를 냈다. 쇠와 쇠가 마주친 것이 아니라 옥구슬로 만든 방울 소리가 났다.

중인들이 감탄했다.

"우와아."

보통 고르게 망치질이 되고 담금질이 잘 된 무기가 소리가 좋기는 한데, 둘의 무기는 태생이야 형편없어도 지금은 외관이 전혀 울퉁불퉁하지 않고 흠집이 없으니 좋은 소리가 난다.

그러나 그 미세한 차이를 아는 이는 드물었다. 애초에 명검도 아닌, 저잣거리의 대장간에서 만든 일반 도검의 몸통이 매끄럽게 나올 수는 없는 것이다!

당연히 저렇듯 청명한 울림이 있다는 것은 단순히 좋은 무기이니 그렇다고 생각될 수밖에 없었다.

처음 완첨이 놀란 만큼이나 유장붕도 놀랐다.

'이 녀석의 쇄겸도도 보통이 아니라는 걸 깜박 잊었구나! 실수로라도 베이면 큰일이 나겠다.'

병기의 예리함은 실력 이상의 효과를 보인다. 극도로 날카로운 검은 검기를 두른 것과 마찬가지로 살만 조금 베일 것을 뼈까지 가른다.

유장붕과 완첨은 처음엔 자신만만했으나 지금은 조금씩 두려워지기 시작했다.

'한 번만 실수해도……'

'스치기만 해도……'

서로 좋은 무기를 가지고 있다는 것이 오히려 부담이 되었다. 그나마 다행인 것은 상대만큼이나 자신의 무기도 뒤떨어지지 않는다는 정도다.

조금씩 둘의 몸놀림이 둔해졌다. 긴장이 심해지면 평소 실력의 반도 내기 힘든 법.

경험이 더 적은 장량문의 완첨이 보법을 잘못 밟아 중심을 잃고 말았다.

"아차!"

완첨이 기우뚱하며 허우적거리는 순간을 유장붕은 놓치지 않았다.

"이노-옴!"

유장붕은 노호성을 지르며 검을 크게 내리쳤다. 왼쪽 어깨로 바람을 가르며 검이 그어졌다.

무인들의 입에서 탄성과 비명이 동시에 터져 나왔다. 보기만 해도 살벌한 무기가 그 능력을 선보이기 직전이다.

원우와 소림의 승려들이 바로 난입할 준비를 했다. 불상사가 생기기 전에 막을 생각이었다.

그런데 완첨도 그냥 당하고만 있지는 않았다. 그가 반격을 시도했다. 승패의 결정이 아직 나지 않은 것이다.

소림승들이 잠시 멈칫한 사이, 완첨은 기우뚱하면서도 유장붕의 다리를 베어갔다.

"이런!"

유장붕의 검이 먼저 완첨의 어깨에 떨어졌다. 어깨를 통째로 베어낼 기세였다. 검기가 맺혀있지 않더라도 검의 예리함만으로 어깨가 날아갈 판이었다.

그런데……

빡!

"으아악!"

완첨이 비명을 지르며 쇄겸도로 유장붕의 허벅지를 찍었다. 쇄겸도의 날카로움은 유장붕의 허벅지를 통째로 베어낼 만했다.

하지만……

퍽!

"으악!"

유장붕도 비명을 질렀다.

아찔한 광경을 기대하며 지켜보던 무인들은 당황스러움을 금치 못했다.

"내 어깨! 으아아!"

완첨이 어깨를 붙들고 바닥을 구른다.

"내 다리! 크아아!"

유장붕도 검을 놓친 채 허벅지를 잡고 외발로 통통 뛰어다닌다.

막 난입하려던 원우와 소림의 승려들도 시간이 멈춘 듯이 그 자리에 서고 말았다.

"……"

"……"

한동안 둘의 비명만이 울릴 뿐, 탑림은 조용했다.

단 한 방울의 피도 비무대의 바닥에는 떨어져 있지 않았다.

완첨의 어깨는 그대로 달려있었고, 유장붕의 허벅지도 멀쩡했다.

심지어 옷조차 베이지 않고 멀쩡했다.

"……."

"……."

한동안 적막함이 감돌면서 완첨과 유장붕도 뭔가 이상하다는 걸 알았다.

완첨이 찔끔 흘러나온 눈물을 닦으며 자신의 어깨를 내려다보았다.

"내 어깨…… 응?"

유장붕도 자신의 허벅지를 감싸고는 멍한 얼굴이 되었다.

"내 다리가……."

다리가 끊어진 듯 아팠지만 정말로 끊어진 것은 아니었다. 칼날이 아니라 칼등으로 맞은 것처럼 아팠다.

완첨과 유장붕은 고개를 들어 서로를 마주보았다. 둘의 시선이 허공에서 마주쳤다.

누가 먼저랄 것도 없이 완첨과 유장붕은 재빨리 무기를 집어 들었다.

그리고는 서로를 향해 난도질(?)을 해댔다.

"죽어랏!"

"죽어!"

퍽퍽퍽퍽.

퍽퍽.

그러나 들려오는 것은 둔탁한 타격음 뿐이었다.

제 6장

날이 왜 필요해요?

"그만! 그만하시오!"

원우는 잠시 비무의 중지를 선언했다.

아무래도 뭔가 이상하다.

"헉헉."

"헉헉헉."

유장붕과 완첨은 이 말도 안 되는 사실에 항변이라도 하듯 무지막지하게 −마구잡이로− 칼질을 해댔다.

그러나 그 결과로 남은 것은 둘의 얼굴과 몸에 검붉은 피멍이 생겼을 따름이었다. 채찍으로 맞은 것처럼 가늘고 길게 그어진 멍이다.

완첨은 오른쪽 눈까지 퉁퉁 부었다. 누가 봐도 칼로 맞았으리라고는 생각할 수 없는 상처였다.

천우문의 장로가 유장붕을 불렀다.

"검을 이리 줘보아라."

유장붕이 가쁜 숨을 몰아쉬며 장로에게 검을 건넸다. 장로는 한쪽 소매를 손에 휘휘 감아 유장붕의 검을 잡고 그었다.

칙!

그러나 소매는 잘려나가지 않았다.

천우문 장로의 얼굴이 울긋불긋해졌다.

장량문도 마찬가지였다.

완첨의 사형이 완첨의 쇄겸도를 받아 자신의 팔목을 그어보았다.

스윽.

긁힌 흔적 하나 없이 멀쩡하다.

"에에익!"

어지간히 힘주어 누르니 겨우 불그스름하니 그어진 흔적만 겨우 난다. 이건 절대로 벨 수가 없도록 만든 무기다.

완첨의 사형이 쇄겸도를 바닥에 집어던졌다.

탱그랑.

"이게 도대체 뭐야!"

정말로 당황스러운 상황이었다.

철기둥도 벨 수 있을 것 같던 도검들이 옷자락 하나 베지 못하고 있는 것이다. 겉보기에나 명검 보도지, 수련용 목검이나 다를 바가 없었다.

그때 백미창옹 주오렴이 외쳤다.

"모두 경거망동하지 마시오!"

이게 대체 무슨 일인가, 하던 사람들은 주오렴에게 이 당황스러운 상황의 해답이 있을지도 모른다 생각했다.

주오렴이 심각한 얼굴로 걸어 나오더니 주변을 천천히 둘러보았다.

그리고는 마치 자신에게 맡기라는 듯이 공손히 포권하며 묵직한 어조로 말했다.

"어디의 고인(高人)이신지 모습을 드러내주시기 바랍니다!"

사람들이 수군거렸다.

"오오! 그랬던 건가?"

"이곳이 소림의 성소인 탑림이라는 걸 잊었네. 고인께서 피를 보기 싫어 손을 쓰신 거야."

"우리가 보지 못한 것을 보다니, 역시 백미창옹일세!"

기운을 얻은 주오렴이 다시 외쳤다.

"고인께는 우스워보일지 모르나 저희에겐 깊은 은원을 해결하는 중차대한 자리외다. 숨어서 장난하지 마시고 앞으로 나와 주십시오!"

사람들도 잔뜩 긴장해 연신 주위를 살폈다.

"……"

그러나 아무도 나오지 않았다.

워낙 주오렴이 진중한 태도로 외쳤기에 원호와 소림승들도 정말로 그런 초고수가 장난을 치고 있는지도 모른다고 한순간 착각을 했다.

그러나 그런 고수가 장난을 친 거라면 자신들이 몰라볼 리 없지 않은가!

갓 강호에 나온 무인도 아니고 그래도 나름대로 소림에서 내로라하는 실력을 가진 그들인데!

하다못해 우내십존 중 누군가가 장난을 쳤어도 수상한 낌새를 눈치챌 수는 있었을 터이다!

당연히 주오렴이 말하는 고인은 나올 리가 없었다. 애초에 그런 고인은 존재하지도 않았다.

원호가 말했다.

"이곳에 달리 손을 쓴 분은 없소이다. 다른 이유가 있을 것이오."

사람들이 수군댔다.

"젠장, 속았군."

"진짜인 줄 알았네."

"백미창응은 무슨?"

주오렴은 헛기침을 하며 머쓱한 얼굴로 되돌아갔다.

어떻게 이런 일이 벌어지게 되었을까?

호기심 많은 한 젊은 청년이 그 해답을 찾아냈다.

"어?"

혹시나 해서 자신의 도날을 만져보니, 역시나 베어지지 않았던 것이다.

"내 칼은 또 왜 이래?"

청년 무인의 말에 다른 무인들도 긴장했다. 불안한 기운이 감돌기 시작했다.

칠철환 구력도 자신의 철환을 확인했다. 원래 그의 철환은 손잡이를 제외하고는 모두가 날카로운 날로 되어 있었다. 그러나 철환의 날에 손을 대어보니……

역시나 베이지 않는다!

뿜어지는 예기는 손만 대도 베일 것 같은데!

"허어!"

칠철환 구력은 당황했다. 얼굴에 핏기가 가서 새하얗게 질려버렸다.

자신의 무기가 훼손된 것도 모르고 있었다니…… 아무리 뿜어지는 예기에 현혹되었다 하더라도 심히 부끄러운 일이 아닐 수 없었다.

다른 무인들도 서둘러 자기의 무기를 점검했다. 수백 명 중에 반 정도가 무기를 꺼내드니 여기저기서 번쩍거리며 빛이 반사되었다.

눈을 뜨지 못할 정도로 찬연한 빛이었다. 마치 신병이기(神兵利器)들을 한데 모아놓은 듯했다.

그리고 곳곳에서 비명과 욕설이 터져 나온다.

"으아악!"

"내 애병이!"

"망할, 이게 어떻게 된 거야!"

"날이 안 들잖아!"

개중에 장건에게 손질을 받지 않았음에도 '혹시 나도?'란 생각에 손을 댔다가 베인 이도 있었다. 그러나 찬연한 빛을 내뿜고 있는 무기를 지니고 있던 이들은 하나같이 같은 목소리로 비명을 질러댔다.

매풍검 삼다강도 가슴을 졸이며 자신의 검을 꺼내보았다. 찬연한 빛이 검신을 휘감고 있다.

그의 검은 우연히 연이 닿은 이름난 장인에게 부탁해 제작한 것으로, 상당한 명검에 속했다.

삼다강은 떨리는 손으로 자신의 머리카락 한 올을 뽑았다. 이름난 장인이 만든 검답게 날 위에 머리카락을 놓고 불면 머리카락이 반으로 잘려나가는 예리함을 가지고 있었다.

좋은 검을 얻었다고 툭하면 머리카락으로 시험을 해보는 바람에 곧 대머리가 될지도 모른다며 웃던 이가 바로 그였다.

'제발…….'

혹시나 자신의 검날도 망가져 있다면 보통 일이 아니다. 워낙 담금질이 잘 되고 단단한 검이라 다시 날을 세우려면 한 달은 내내 숫돌을 쥐고 살아야 할지도 몰랐다.

삼다강이 조심스럽게 입으로 바람을 불었다.

휘잉.

머리카락은 멀쩡하게 날려져 바닥에 떨어졌다. 다시 머리카락 몇 올을 한꺼번에 뽑아 올렸는데도 마찬가지.

그의 검은 겉보기에나 휘황찬란하지 실제로는 아무것도 벨 수 없는 검이 되어버리고 만 것이었다.

삼다강은 절규했다.

"으아아— 내 검이…… 내 검이 병신검이 되다니!"

병신검!

안타깝게도, 매풍검 삼다강은 이후 병신검이라는 부적절한 별호를 얻게 되지만, 어쨌거나 현재는 중요한 게 아니었다.

병신검이라 절규한 그의 한마디는 수많은 무인들의 가슴을 후벼 팠다. 도저히 남의 일이 아니었다. 삼다강의 검이 병신검이 된 것처럼 자신들의 무기도 병신이 되었다.

베고 찌르고 잘라야 할 무기가 그 능력을 잃어버렸으니 무기라 부르기도 민망하다.

무인들은 당혹해하면서도 분노를 금치 못했다. 아무리 천치라도 어디서부터 일이 잘못되었는지 모를 수가 없었다.

"장—건—!"

"그 녀석이 우릴 속였다!"

"우릴 다 병신으로 만들었어!"

"이래놓고 돈까지 받아 처먹었다 이거지?"

원호는 무인들의 행동에 의아해하고 있다가 장건의 이름이 나오자 깜짝 놀랐다.

'왜 여기서 또 건이 이름이 나와? 돈을 받았다는 얘기는 또 뭐고?'

장건이 끼면 자꾸만 사건사고가 생겨서 일부러 일을 시키지 말라고 했는데, 왜 장건의 이름이 거론된단 말인가.

무인들이 살기등등해서 소리쳤다.

"모두 갑시다!"

"가서 따집시다!"

"다른 건 몰라도 이런 장난질은 도저히 용서할 수 없소!"

비무를 하러 왔던 무인들은 원호 등을 거들떠도 보지 않고 흥분하며 연무장을 떠나기 시작했다. 구경꾼에 불과했던 무인들도 당연히 무슨 일인가 궁금해 따라가고 있었다.

원호가 나한승들을 보며 소리를 질렀다.

"대체 무슨 일이냐!"

전후사정을 어느 정도 알고 있는 나한승 중 한명이 대답했다.

"해변소에 일이 바빠 건이를 불러 일을 시켰다고 합니다."

"그래서?"

"한데 건이가 무기를 손질하는 솜씨가 보통이 아니어서 다들 건이가 손질해주기를 원했다고 합니다."

원호가 입을 쩍 벌렸다.

"그, 그럼 아까 그 광채들이……."

보석을 닦은 것도 아니고, 어떻게 무기를 손질했기에 그런 영롱한 빛을 낸단 말인가!

"그런데 왜 날이 다 나가버렸느냐? 무슨 방법으로 손질을 했기에 무 하나도 베지 못할 정도라더냐?"

"그건 잘 모르겠습니다. 도중에 홍오 태사백조께서 오시는 바람에……"

"호, 홍오 사백조께서?"

원호는 불길한 예감에 몸서리를 쳤다.

"자세히 말해보거라!"

원호의 불호령에 나한승들이 급히 전후사정을 알아왔다.

들을 때마다 원호의 입이 뜨악하게 벌어진다.

"장건이 무기를 손질해줄 때마다 홍오 사백조가 그 옆에서 돈을 받았다고?"

명목상으로는 희사였다. 그러나 일이 제대로 된 것도 아니고, 장건이 무기를 희한하게 갈아놓아 버렸으니 돈을 받은 순간부터 문제가 꼬일 수밖에는 없었다.

원호가 이를 갈았다.

"원익 사제가 내 말을 귓등으로 흘려들었구나! 내 그래서 절대로 건이에게 일을 시키지 말라고 했거늘. 내가 그렇게나 신신당부를 했는데!"

장건에 더해서 골칫덩이인 홍오까지.

원호는 핑 하고 머리가 도는 기분이었다.

원당이 급히 말했다.

"아무래도 저들의 행동이 심상치 않습니다. 이러다가는 정말로 큰일이 벌어지고 말겠습니다."

원전이 끼어들었다.

"무인에게 생명과도 같은 무기를 반쪽으로 만들어 버렸으니, 그 방법이야 둘째 치고서라도 심각한 상황입니다. 빨리 대처 방법을 찾아야 합니다."

원호가 고함을 질렀다.

"나도 안다. 나도 안단 말이다! 그런데 이걸 어쩌라고!"

한두 명도 아니고 백여 명이 넘는 무인들의 무기가 모두 날이 없는 가병(假兵)이 되고 말았다.

관의 핍박이 심해 아무 데서나 싸움질을 하긴 어려운 세상이라지만, 강호에 몸을 맡긴 이상 언제 어디서 목숨을 건 싸움을 해야 할지는 아무도 알 수 없는 노릇이다. 한데 그때에 자신의 목숨을 지켜줄 무기가 없어지고 만 것이다.

당장에 싸구려 무기라도 하나 구하려면 허가도 받아야 하고 등록도 해야 하는 등 귀찮을 정도로 절차가 복잡하다. 적어도 반쪽 무기를 든 이들은 안전한 곳까지 돌아가는 동안 밤이나 낮이나 노심초사하며 위협에 시달려야 할 터였다.

'만일 그게 아니라면……'

원호의 머리에 황당한 상상이 떠오른다.

수백 명의 무인들이 옹기종기 소림의 냇가에 모여앉아 몇날

며칠 날을 가는 모습이었다.

싸구려 검이라면 대충 하루 이틀이면 얼추 날을 세우겠지만, 좋은 철로 만든…… 이를테면 매풍검 삼다강이 가진 정도의 보검이라면 몇날며칠로는 어림도 없을 터다. 정말 유명한 장인을 불러와야 원상복구가 가능할 것이다.

'도무지 알 수가 없구나. 건이 너…… 대관절 무슨 짓을 저지른 거냐!'

원호는 정신이 아득해졌다. 그러면서도 한편으로는 너무나 장건다운 일이었다는 생각이 드는 건 어쩔 수 없었다.

사람을 다치게 하기 싫어하는 소년…… 그런 소년이 바짝 날이 선 무기를 보고 어떤 생각을 떠올렸을지는 말하지 않아도 뻔한 일이었으니까.

*   *   *

잔뜩 흥분한 무인들은 해번소로 물밀듯이 몰려갔다.

기백이나 되는 무인들이 창칼을 들고 번들거리는 눈으로 달려오니 해번소에서 대기하고 있던 무인들이 질겁해서 긴장했다.

"이보시오들, 무슨 일이오?"

무기를 찾은 뒤 비무를 하겠다고 간 이들이 성을 내며 돌아오니 기이한 노릇이었다.

앞선 무인은 얼굴이 붉으락푸르락하며 소리쳤다.

"당신들, 속고 있는 거요!"

"우리가? 우리가 뭘 속고 있다는 말이오?"

"일단 비키시오!"

분노에 찬 무인들이 고함을 지르며 줄을 밀치고 앞으로 나아갔다.

"장건 나와!"

"꼬마 놈 나오라 그래!"

한창 명부를 보고 있던 원익은 상황이 심상치 않자 명부를 덮고 일어섰다. 병가의 일을 보던 소림승들도 우르르 몰려왔다.

"무슨 일입니까?"

"무슨 일?"

천우문의 장로가 유장붕의 검을 원익 앞에 내동댕이쳤다.

"대사의 눈엔 이게 뭣처럼 보이시는가!"

"검 아닙니까."

"이게 검처럼 보여?"

장로는 다시 검을 들더니 그대로 명부가 있는 탁자를 내리쳤다.

번쩍하고 검광이 탁자에 꽂혔다.

홍오는 멀뚱하게 가만히 지켜보고 있었지만 원익은 급히 뒤로 피했다.

빠악!

검이 목재 탁자에 닿자 둔탁한 소리가 났다. 장로가 다시 몇 번이나 탁자를 내리쳤다.

빡빡!

나한승들이 굳은 안색으로 원익의 앞을 막아섰다.

"이게 무슨 짓이오!"

장로가 검을 들어 나한승들을 겨눴다. 나한승들이 경계하며 공력을 끌어올렸다.

장로가 소리쳤다.

"자! 이제 이게 뭘로 보이나!"

"흥분을 가라앉히고 차분히 말해 보시오."

"이게 뭘로 보이냐고!"

"그야 당연히 검……."

장로가 분개하며 유장붕의 목덜미를 잡아끌었다. 그리고는 세차게 그의 등을 검으로 후려쳤다.

지켜보던 이들이 말릴 새도 없었다.

"악!"

곳곳에서 비명소리도 새어 나왔다.

하지만 그들이 생각하는 불상사는 일어나지 않았다.

퍽!

유장붕은 고통스러워하며 주춤거릴 뿐이었다.

"아니?"

소림승들의 눈이 휘둥그레졌다. 검광이 번뜩이는 검으로 베었는데 아무렇지도 않다니!

"이제 이게 뭔지 알겠소? 이게 어디 검이야? 그냥 쇠몽둥이지!"

원익이 이마에 흐르는 땀을 닦으며 말했다.

"진정하시오. 그러니까 왜 지금 그걸 빈승에게 따지시는지……."

"장건이란 놈!"

장로가 소리를 질렀다.

"그놈이 이렇게 만든 것이오!"

"그, 그게 무슨 말이오?"

지루하게 무인들에게 돈을 받고 있던 홍오의 눈빛이 돌변했다. 다행스럽게도 바로 욱하고 성질이 튀어나오진 않았다.

"그놈이라니? 말은 가려서 해야지."

홍오의 한마디에 어쩔 수 없이 장로는 입을 다물고 씩씩거렸다.

천우문 장로의 뒤에 서 있던 무인들이 대신 이를 드러냈다.

"우리 무기를 손질해준다더니 이따위로 만들었소?"

"대체 이 책임을 어떻게 질 것이오!"

당황스러웠지만 원익이 재차 확인하며 물었다.

"그러니까…… 건이가 시주들의 검을 그리 만들었단 말입니까?"

"여기 있는 모두의 병기가 다 그러하오!"

"잔말 말고 장건을 불러오란 말이오!"

원익이 홍오를 돌아보자, 홍오가 고개를 끄덕였다.

원익이 답답한 숨을 토해내며 옆의 승려에게 장건을 불러오라 일렀다.

장건이 곧 병가에서 나왔다. 마침 하나의 무기 손질이 끝난 듯 반월도(半月刀)를 들고 있었다.

"절 찾으셨다구요?"

가장 큰 피해를 본 이 중 한 명인 매풍검 삼다강이 앞으로 튀어나왔다.

그가 자신의 검을 들이대며 고함을 쳤다.

"네가 이렇게 만들었느냐!"

장건은 두 눈을 껌벅대다가 고개를 끄덕였다.

"예."

"내 검에 무슨 짓을 한 게냐!"

"다른 거랑 똑같이 했는데요."

장건이 다시 검을 유심히 보더니 '아!' 하고 탄성을 냈다.

"지금 들고 계신 건 좀 힘들었어요. 다른 것보다 더 단단하더라고요."

"다, 단단……!"

매풍검 삼다강은 뒷목을 잡았다. 머리가 핑 돌고 억울함에 눈물이 날 것 같았다.

으드득.

이를 간 삼다강이 장건의 손에서 반월도를 빼앗으려 했다.

그러나 삼다강의 손은 허공을 저었을 뿐이다. 장건이 슬쩍 손을 뺀 탓이었다.

삼다강은 운이 좋았다.

장건이 그의 손을 피하지 못했다면 그는 홍오에 의해 순식간에 피떡이 되었을 테니까.

하지만 홍오는 이미 삼다강 따위가 장건을 어떻게 할 수 없다는 걸 알고 있었다. 화를 내기는커녕 오히려 장건이 대견하다는 생각을 하며 실실 웃었다.

장건이 뜬금없다는 표정으로 물었다.

"왜 그러세요?"

삼다강의 얼굴이 시뻘게졌다. 별다른 금나수법을 쓴 것은 아니라지만 헛손질을 했다는 것은 부끄러운 일이었다.

"그것 이리 내 봐!"

차례를 기다리고 있던 무인이 끼어들었다.

"이보시오! 그건 내 도요. 댁의 것에 무슨 문제가 있는지 몰라도, 그 도는 내 거란 말이오."

삼다강이 그 무인을 보고 화난 얼굴로 조소를 지었다.

"나중에 후회하지 않으려면 댁의 도에 무슨 일이 생겼는지 지금 확인해보는 게 좋을 거외다."

장건이 원익을 쳐다보았다. 원익이 한숨을 쉬며 고개를 끄덕였다.

장건이 고개를 갸우뚱거리는 무인에게 반월도를 건넸다. 그러자 무인이 도집에서 도를 뽑아 이리저리 매만졌다.

"날을 확인해 보시오!"

삼다강의 말에 무인은 조심스럽게 도날에 손가락을 대어 보았다.

"어?"

무인의 눈이 크게 떠졌다. 무인은 아예 손바닥을 대고 문지르기까지 했다.

그러나 그의 손바닥은 멀쩡했다.

"이게 뭐야! 날이 없잖아!"

무인이 크게 성을 내며 반월도를 내동댕이쳤다.

"내 도를 대체 어떻게 한 거야!"

삼다강이 그것 보라는 듯 코웃음을 쳤다.

"자, 이제 무슨 일이 생겼는지 아시겠소? 저 꼬마가 우리의 무기를 다 그 꼴로 만들었소."

장건이 뚱한 표정으로 말했다.

"제가…… 잘못한 건가요?"

"잘못?"

무인들이 분노의 고함을 질러댔다.

"지금 장난하는 거냐!"

"왜 멀쩡한 무기의 날을 없애!"

장건이 머리를 긁적이며 대답했다.

"그야…… 너무 위험해 보여서 그랬죠. 사람이 크게 다치기라도 하면……."

일부 성질이 급한 무인들은 가슴을 쥐어뜯었다.

"사람을 다치게 하려고 만든 무기인데 누구 마음대로 다치지 않게 만들어!"

"어린놈이 어디서 장난질이야!"

장건이 발끈했다.

"사람을 다치게 하려고 만들다니요? 다치지 않게 조심해도 모자란 마당에 일부러 다치게 한다니요?"

잠시 무인들이 얼떨떨한 표정을 지었지만 이내 본색을 드러내고는 아우성을 질러댔다.

홍오가 웃었다.

"끌끌끌. 정말 어처구니가 없는 작자들이로고. 지들이 그렇게 해달라 부탁을 해놓고, 왜 이제 와서 우리 착한 건이를 몰아붙이나, 몰아붙이길."

매풍검 삼다강이 씩씩거리며 이를 깨물었다.

"대사께서는 이미 알고 있었단 말씀이십니까?"

"쯧쯧. 그것도 몰랐어? 어쩐지 남의 것도 아니고 자기의 수족과 같은 병기의 날이 없어졌는데, 그것도 모르고 좋다고 난리법석을 피우더라."

"그야……."

원한이라도 지지 않은 이상 검의 날을 없애버릴 거라는 건 누구도 생각하기 어려운 일이 아닌가!

더구나 도검들은 쇠라도 베어버릴 듯한 예기를 뿜고 있었는
데!

삼다강이 대답을 못하자, 홍오가 장건을 돌아보며 확인하듯
물었다.

"안 그러냐, 건아?"

장건이 뾰루퉁한 얼굴로 고개를 끄덕였다.

"맞아요. 제가 처음에 남의 것에 손을 댄 건 잘못한 일인지
도 몰라요. 하지만 그렇게 해달라고 하신 건 여러분들이시잖
아요. 저도 이상해서 다시 확인했구요. 그런데도 분명히 그랬
어요. 더도 말고 덜도 말고 처음과 똑같이 해달라고요. 그러니
까 저도 그렇게 해드릴 수밖에 없잖아요?"

매풍검 삼다강의 얼굴이 붉으락푸르락해졌다.

장건의 말대로라면 날이 없어진 것도 모른 채 마냥 좋아하
던 자신들의 잘못이 더 크다. 아니, 잘못보다도 부끄러워해야
할 치욕적인 일이다.

그러나 상식적으로, 한껏 예기를 뿜는 무기에 날이 없을 것
이라고 누가 생각할 수 있단 말인가!

"닥쳐라!"

삼다강이 소리쳤다.

"남의 소중한 검을 이따위로 만들어놓고, 지금 그게 말이나
된다고 생각하느냐!"

"왜요?"

"왜라니!"

"무공은 자신을 지키기 위한 것이지 남을 해하기 위한 것이 아니잖아요. 지금 그 정도만 해도 충분하지 않나요?"

장건도 화가 나려고 했다. 기껏 힘들여 해줬더니 괜한 생트 집을 잡는 것이다.

홍오가 크게 웃었다.

"우리 건이가 아주 총명하구나! 그렇지. 그것이 바로 불가 의 무공이고, 소림의 가르침이지."

칠철환 구력이 한때 적이었던 삼다강을 두둔하고 나섰다.

"말 잘하셨소. 대사의 말씀대로라면 그것은 불가의, 소림의 가르침이오. 하나 우리는 소림의 제자도 아니고 승려도 아니 외다. 한데 어찌하여 본인들의 무기를 반푼이로 만들어놓고 그것이 정당하다 우기시는 것이외까!"

"뭐?"

홍오의 길고 흰 눈썹이 꿈틀거렸다. 홍오의 눈에 옅게 붉은 기운이 돈다.

장건을 만나 잠시 잠잠해졌던 성정이 다시 끓으려 하고 있 었다.

"이 망할 놈들이…… 우리 건이가 기껏 힘들게 불가의 깊은 가르침을 알려줬더니 배은망덕하게 굴어?"

칠철환 구력이 분노 가득한 목소리로 말했다.

"대사께서는 말씀을 주의하셔야 할 것이외다! 아무리 소림의 존장이라 하더라도 본인들 역시 한 문파의 어른이오. 응당 그만한 대접을 해주셔야 하지 않소!"

홍오의 눈에 살기가 스쳐갔다.

"이 새끼들이……."

흠칫!

홍오의 나지막한 한마디 욕설에 모두가 긴장했다. 아무리 소림의, 무림의 가장 큰 어른이라 하더라도 이건 너무 심한 말투였다.

장건이 급하게 홍오를 말렸다.

"홍오 대사님, 그만하세요. 그렇게까진 안 하셔도 돼요."

언제 그랬냐는 듯, 홍오가 눈웃음을 지었다.

"그래그래. 아이구, 우리 건이는 착하기도 하지. 내가 너 때문에 참는다."

아무리 홍오라 해도 소림에서 함부로 손을 쓰지는 못할 것이라 생각했는지 삼다강이 다시 힘주어 말했다.

"굳이 긴 말 하지 않겠소. 날을 없애서 쓸 수 없게 된 이 폐품들을 어떻게 복구해줄 것인지, 그것만 말씀해주시오."

장건이 되물었다.

"그걸 왜 쓸 수가 없나요?"

"허어! 네가 소림을 믿고 아직도 우리를 놀리는구나. 이걸 그러면 어떻게 쓴단 말이냐. 이것으로 콩 한 쪽이나 자를 수 있겠느냐?"

"왜 못해요?"

삼다강이 이를 갈며 자신의 애검을 내주었다.

"할 수 있으면 네가 해 봐라!"

장건은 아무 말 없이 삼다강의 검을 받았다. 그리고는 주변을 두리번거렸다. 아마도 뭔가 벨 것을 찾는 모양이었다.

"건아."

"네?"

"옛다."

홍오가 포대에서 은전(銀錢) 하나를 꺼내더니 말도 없이 휙 하니 장건에게 던졌다.

장건이 엉겁결에 삼다강의 검으로 은전을 쳤다.

썩!

은전은 두 토막이 나 바닥으로 떨어졌다. 오래전에 비질을 할 때조차 한 올 한 올에 검기를 일으킬 수 있었던 장건이었다. 검은 처음 들어 보지만 무겁다는 생각 정도나 했지, 무언가를 베는 게 어렵다고는 생각하지 않았다.

"앗!"

많은 사람들이 동시에 비명을 질렀다. 그중에는 장건도 포함되어 있었으나, 다른 사람들과는 의미가 달랐다.

"돈을 던지시면 어떡해요! 으아…… 아까운 돈."

홍오는 그런 장건이 귀엽다는 듯 웃었다.

"괜찮아. 은이니까 녹여서 쓰든 그냥 쓰든 하면 돼."

하지만 뭇 무인들의 느낌은 전혀 달랐다.

"날도 없는 검으로…… 은전을 잘랐어."

"검기? 검기로 자른 건가?"

"철비각 종 대협을 이겼다고 할 때부터 그러려니 했지만, 설마하니 검기까지 일으킬 줄이야……."

"저 나이에 검기라니."

명문 대파의 제자라도 이십 대에 검기를 뽑아내기는 굉장히 어렵다. 이류문파에서는 마흔이나 되어야 겨우 검기 비슷한 모양을 갖출 수 있게 된다.

때문에 삼다강의 얼굴은 수시로 변색되고 있었다.

"거, 검기를 쓴다면 누군들 못하겠느냐. 내가 검기를 못 써서 그러는 줄 아느냐?"

장건은 그 말이 더 이상했다.

"그런데 뭐가 문제예요? 그럼 아무 문제도 없잖아요."

삼다강은 순간 할 말을 잃었다.

그것도 틀린 말은 아니었다!

바보라서가 아니라 장건은 정말로 그렇게 생각했다. 검기로 벨 줄 안다면서 왜 칼을 날카롭게 벼려야 한다고 우기는 걸까?

장건이 고개를 돌리며 투덜대듯 혼잣말을 했다.

"화산의 할아버지는 맨손으로도 사과를 깎으시는데."

장건의 한마디가 비수가 되어 삼다강의 폐부를 찔러왔다.

맨손으로 사과를 깎을 수 있는 화산의 할아버지란 윤언강밖에 없질 않은가!

'이 꼬마 녀석이 날 부끄럽게 만들기 위해 검성과 비교하는구나. 여기서 더 말을 했다가는 나만 모자란 놈이 되고 말겠다. 내가 이 검을 어떻게 얻었는데……'

삼다강은 입술을 질끈 깨물고는 검을 들고 한 발짝 물러설 수밖에 없었다. 하지만 분노는 여전했다.

칠철환 구력이 자신의 철환 하나를 장건에게 던졌다.

"그럼 이것도 할 수 있겠느냐!"

날이 사라진 철환을 받은 장건이 약간 고민을 했다.

"이건…… 방금 칼보다도 다듬을 때 힘들었던 건데."

대부분의 무인들이 비소를 지었다.

자질과 무공의 고하에 따라 차이가 있기는 하지만 일반적으로 삼십 년은 검을 휘둘러야 검기 흉내나마 낸다고 한다.

그러나 검기를 낼 수 있는 무인이 도를 들었을 때에도 도기를 낼 수 있는 건 아니다. 심지어 자신이 계속 사용하던 검이 아니라 다른 검만 들어도 검기를 내기 쉽지 않다.

그 단계에 들어서려면 훨씬 더 완숙해져야 한다. 보통 60년은 검을 들어야 다른 병기를 들어도 기를 낼 수 있다. 하지만 그것도 겨우다. 검 대신 나뭇가지를 들고 자유롭게 검기를 내려면 그 이상의 세월과 노력이 필요하다. 차라리 맨손으로 기를 내는 것이 더 쉽다.

만류귀종이란 말이 괜히 있는 것이 아닌 것이다.

"으음……."

장건은 한참을 고민하고 있었다.

무인들이 보기엔 지극히 당연한 일이었다. 그들의 상식에서는 검기를 낸다고 철환에서까지 인기(刀氣)를 낼 수는 없어 보였다. 더구나 검처럼 길쭉한 모양도 아니고, 모양이 전혀 다른, 둥근 철환에서 어떻게 기를 낼 것인가.

홍오도 눈빛을 빛내며 장건을 보고 있었다. 장건이 어떻게 할지 그 역시 궁금해 칠철환의 무례에 대해서는 순식간에 잊었다.

생각을 마쳤는지 이윽고 장건이 바닥에 떨어져 있던 -무인이 내던진- 반월도를 들었다.

한 손에는 철환을 들고, 다른 손에는 반월도를 든 채였다.

반월도의 주인인 무인이 황급히 말렸다. 아무리 날이 없어져 화가 났더라도 자신의 것이었다.

"앗! 그건 내 거라니……."

그 순간.

썩둑.

반월도가 아니라 칠철환 구력의 철환이 반으로 갈라져 떨어졌다.

"……."

장건이 반월도로 철환을 잘라버린 것이다.

눈이 왕방울만 해진 구력이 소리쳤다.

"누가 내 철환을 자르래!"

홍오는 칼칼대고 웃느라 정신이 없었다. 구력은 철환으로 인기를 내보라 한 것인데, 장건은 은전을 자른 것처럼 철환을 잘라버린 것이었다.

"그것도 해보라면서요."

"철환으로 인기를 내라고 준 거다!"

"인기가 뭐예요?"

홍오가 대답해주었다.

"검의 기는 검기, 도의 기는 도기. 그 외에 다른 날이 있는 기병(奇兵)은 칼날 인 자를 써서 인기라고 한단다."

"아아."

구력의 일곱 개 철환 중 하나가 반 토막이 났으니, 이젠 칠철환이 아니라 육철환이라고 불러야 할 판이었다.

구력은 떨리는 손으로 두 동강 난 철환을 주워들었다.

"내 철환이……."

장건은 미안하다기보다는 괜한 짓을 했다는 얼굴로 말했다.

"진작 말씀하시지 그러셨어요. 괜히 멀쩡한 걸 잘랐잖아요. 아깝게시리."

어차피 장건에게는 무기의 형태나 종류는 관계없었다. 철환이든 기형도든 기를 내는 데는 아무런 상관도 없다. 이미 숫돌로 기를 냈다.

육철환 구력은 장건에게 더 따지지도 못하고 몸만 부르르 떨어댔다.

다른 사람은 몰라도 그는 안다.

자신의 철환은 어지간한 검기로는 자르기도 어려울 정도로 단단하다.

그의 철환은 단순한 철이 아니었다. 순도 높은 무쇠로 만든 묵철환(墨鐵環)이다. 어지간한 싸구려 검은 부서뜨릴 정도로 강도가 높다.

그것을 아무렇지 않게, 한순간에 날도 없는 반월도로 갈라버렸다.

"어떻게 이럴 수가……."

구력의 표정을 본 다른 무인들도 그제야 깨달았다. 구력이 자신의 철환이 아까워서 떨고 있는 게 아니라 놀라서 떨고 있다는 것을.

주오렴은 뭔가가 좀 이상하다는 생각이 든다.

"혹시 방금 도기(刀氣)를 본 사람 있소?"

조금 전 장건이 삼다강의 검으로 은전을 자른 것을 보고 다들 당연히 검기라 생각했다.

보통 검기를 운용하면 희미하게라도 그 기운이 보이기 마련이다. 고수일수록 길게 검기를 내뿜을 수 있다.

한데 장건이 검을 휘두를 때에는 전혀 그러한 기운이 보이지 않았다. 방금 반월도를 휘두를 때도 마찬가지였다. 묵철환을 자를 정도였으면 도기가 꽤 뿜어 나와야 할 텐데, 그런 기미가 보이지 않았다.

"본 사람 있소?"

주오렴이 다시 묻자, 무인들이 고개를 저었다.

아무도 보지 못했다.

"그렇다면…… 도기도 없이 철환을 갈랐단 말인가?"

상식적으로는 이해할 수 없는 일이었다. 수백 쌍의 눈이 궁금증을 담고 장건에게 향한다.

장건은 많은 사람들이 자신을 쳐다보고 있어 조금 쑥스러운 표정이었다.

장건은 불필요하게 도기를 많이 낼 필요가 없었다. 의식적으로 결정한 것이 아니라 아껴야겠다는 생각에 딱 필요한 만큼만 기를 사용했다.

그러다 보니 도기가 뿜어져 나온 것이 아니라 거의 머금다시피 도신을 살짝 두른 정도였다. 어지간해서는 잘 보이지도 않는다. 섬세하게 기를 다룰 수 있는 장건이니 가능한 일이었다.

"정말 귀신이 곡할 노릇이군. 검기도 도기도 아닌데, 무슨 수로 쇠를 자르지?"

"어떻게 된 게 하나같이 다 알 수 없는 수법뿐이야."

"정말 소림의 제자가 맞긴 한 건가? 도대체가 소림의 무공이라곤 찾아보기도 힘들잖아."

무인들이 수군거렸다.

그것이 홍오의 심기를 거슬렀다.

홍오의 고개가 삐딱하게 옆으로 뉘어진다.

"하찮은 것들이 자신의 재주가 미천한 줄은 모르고 남의 탓만 하는구나?"

구력이 발끈해서 외쳤다.

"아까부터 말씀이 심하십니다! 말을 가려 하라 하신 건 대사님이 아니셨습니까?"

"말씀이 심해? 눈을 장식으로 달고 다녀서 빤히 맺힌 도기도 못 보는 것들이 뭐? 하다하다 이젠 우리 건이가 소림의 제자도 아니라고?"

독문병기가 무용지물이 된 데다 하나를 잃기까지 한 구력은 참지 못하고 소리쳤다.

"내 비록 대사에 비할 바가 아닌 비천한 무인이라 할지라도, 더는 못 참겠소!"

"못 참으면 어쩔 건데?"

"돈을 돌려주시오!"

"뭐?"

구력은 무인들에게 협조를 구하듯이 큰 소리로 말했다.

"돈을 받고도 제값을 못했으니 돌려주는 게 예의가 아니오!"

"난 희사를 받았지 칼갈이 한 대가로 돈 받은 게 아닌데? 세상에 기부를 해놓고 돌려달라는 놈들이 어디 있어?"

"됐소! 이건 노소가 함께 사기를 치는 것도 아니고…… 이제 소림이라면 치가 떨리오!"

말을 하고도 구력은 아차 싶었다.

아무리 화가 났어도 넘지 말아야 할 도가 있는데, 그 도를 넘어서 버린 것이다.

순식간에 홍오의 두 눈이 벌겋게 물들더니 이마에 힘줄이 돋았다.

불안정한 성정 탓에 자제력을 잃은 것은 한순간이었다.

쾅!

땅을 박차고 홍오가 뛰어올랐다. 홍오의 발밑에서 흙덩이의 파편이 솟구쳤다.

"감히 본사를 모욕하다니! 네놈이 죽으려고 환장을 했구나!"

홍오가 순식간에 공중에서 서너 번이나 발길질을 해댔다. 놀란 구력이 뒤로 뛰며 홍오의 발길질을 피했다. 강호에서 뼈가 굵은 무인답게 민첩했다. 이미 말을 꺼내놓고 자신이 실수했다는 걸 알았기에 가능한 대처였다.

구력은 여섯 개의 철환을 살짝 공중에 띄워놓고 홍오의 다리에 두 개를 걸고 세 개를 던졌다. 한 손으로는 홍오의 다리에 걸린 철환을 잡아채고 남은 하나의 철환은 잽싸게 잡아 홍오의 복부를 후려쳤다.

그 동작이 신묘하기 그지없어 공중에 떠 있는 홍오는 꼼짝

없이 당할 것처럼 보였다.

구력의 장기인 칠절연환공(七絶連環攻)이다.

"잔재주!"

홍오는 철환에 다리가 걸린 채로 오른손 손가락을 튕겼다. 세 개의 지풍이 날아오는 철환을 때렸다.

따다당!

철환이 공중으로 튕겨나가자 홍오는 배를 긋고 있는 철환을 맨손으로 잡았다.

"큭!"

구력이 신음을 내뱉었다. 철환에 날이 없다는 사실을 홍오가 이용하고 있었다.

구력이 순간적으로 공력을 끌어올려 철환에서 인기를 뽑았다. 그러나 홍오의 막대한 내력이 벌써 구력의 내공을 무시한 채 밀려들고 있었다.

단전에서부터 철환까지 이어진 기운이 가닥가닥 끊기며 순식간에 구력이 무력화 된다.

타인의 무기를 통해 내가중수법을 사용하는 것은 장력을 쳐내는 것보다 어려운 일임에도 홍오는 자연스럽게 그것을 해내고 있었다.

홍오는 바닥에 내려서도 철환을 놓지 않았다.

울컥.

구력은 끊임없이 밀려드는 홍오의 내공 때문에 철환을 놓지도 못하고 진득한 핏물만 내뿜었다.

"사부님!"

구력의 제자가 뛰어들었다. 그대로 두면 구력이 절명할 판이었다. 아무리 상대가 소림의 고승이라 하더라도 사부의 위험을 보고 가만히 있을 수는 없었다.

"어른들 일에 어린놈이 왜 끼어드느냐!"

홍오가 철환을 잡은 채 다른 손으로 주먹을 뻗었다.

내공을 쏟고 있으면서 말까지 하고, 동시에 다른 경락으로 내공을 돌려 권공을 쓴 것이다.

바야흐로 홍오의 진가가 다시금 세상에 펼쳐진 순간이었다.

안타깝게도, 구력의 제자는 그 희생양에 불과할 수밖에 없었다. 홍오의 권경이 구력의 제자가 쥔 철환을 그대로 부수고 가슴을 강타했다.

퍽!

달려오던 그대로, 구력의 제자는 피분수를 내뿜으며 뒤로 나가떨어졌다.

뜯겨나간 가슴에 여덟 개의 별과 같은 상처가 소용돌이 형태로 났다.

일부 무인들이 아연하여 소리쳤다.

"곤륜파의 마신권(魔神拳)!"

수십 가닥의 연기가 어울러 치솟듯, 여덟 줄기의 권경을 주먹에 모아 사용하는 권공이다.

"사혁아!"

구력은 제자가 당하는 모습을 보고는 홍오의 내공에 대항하는 것도 잊고 비통하게 외쳤다.

홍오는 그런 구력을 발로 걷어차 볼품없이 뒹굴게 만들었다. 심한 말을 했다고는 해도 구력이 강호에서 적지 않은 명성을 가진 이라는 걸 생각하면 지나친 행동이었다.

구력은 피를 토하며 제자를 향해 기어갔다. 마신권을 맞은 구력의 제자는 정신을 잃고 칠공에서 피를 흘렸다. 내장이 심하게 상한 것이 분명했다.

그러나 정작 홍오는 전혀 개의치 않으며 웃었다. 오히려 즐기는 듯하다. 아니, 정말로 즐기고 있었다.

"껄껄껄! 비천한 놈들은 비천하게 기는 게 어울리지."

홍오가 발을 굴렀다.

쾅!

무시무시한 진각에 해번소의 전각과 금강문이 흔들거렸다. 저릿한 기의 파동이 수백 무인들을 휩쓸고 지나간다. 맹세코 이와 같은 진각은 평생에 몇 번 경험할 수 없을 것이다.

"그래그래. 그렇게 조용히 입이나 처닫고 있어. 개들은 짖어도 귀엽지만, 주제를 모르는 것들이 짖으면 전혀 귀엽지 않거든."

극도로 분노한 홍오의 스산한 살기가 무인들의 폐부를 파고들었다. 지독할 정도로 모욕적인 언사에 해번소의 분위기는 차갑게 식어버렸다.

대부분의 무인들이 자존심에 크게 상처를 입었다. 칠철환 구력이 상대도 되지 않는 소림의 고승에게 차마 뭐라고 말은 할 수 없지만, 가슴속에는 적개심이 가득했다.

장건도 놀랐다.

설마하니 홍오가 저렇게까지 할 줄은 몰랐다. 홍오에 대해 잘 모른다지만, 그래도 이럴 사람은 아니었다.

"대사님……."

장건이 부르자 홍오는 언제 그랬냐는 듯 웃으면서 장건을 보고 말했다.

"사람이 너무 좋으면 남들이 무시하게 마련이다. 특히나 소림의 제자는 소림이 모욕을 당하는 걸 절대 참아서는 아니 되느니라. 그런 놈들에게는 부처님의 하해 같은 온정조차 조금도 나누어줘선 안 돼. 지금 너도 봤잖으냐? 말도 안 되는 트집을 잡아가면서 소림을 무시하는 걸."

장건은 쉽게 대답을 할 수 없었다. 가슴이 떨려서 진정되지 않았다.

구력이 심했던 건 사실이지만, 얼마든지 대화로 해결할 수 있는 문제였다. 다른 곳도 아닌 소림에서 피를 볼 필요는 없었다.

"대사님…… 딴 사람이 된 것 같아요. 전엔 이러지 않으셨잖아요."

홍오의 웃음에서 피비린내가 난다.

홍오는 팔을 활짝 벌리며 말했다.

"나는 지금의 내가 더 좋은데 왜 그러느냐? 나는 다른 건 몰라도 우리 소림과 건이 네게 뭐라 하는 건 못 참는 사람이다."

무림판관 주오렴이 나섰다. 어지간해서는 화를 드러내지 않는 그가 수염을 파르르 떨고 있었다.

"이 무슨 경우 없는 일이란 말입니까! 명문 정파이며 무림의 태두인 소림의 존장께서 사파의 잡배나 다름없는 언행……!"

주오렴이 말을 끝마치기도 전에 홍오가 눈살을 찌푸리며 소매를 휘저었다.

퍽!

아무런 소리도 없이 주오렴의 머리가 뒤로 젖혀졌다. 다리에 힘이 풀린 주오렴이 거품을 물고는 자리에 주저앉았다.

"넌 뭔데 시끄럽게 떠들어? 내가 우리 건이와 사제 간에 즐거이 담소를 나누는 게 안 보이냐?"

모두가 할 말을 잃었다.

"점창파의 은풍장(隱風掌)……."

누군가의 망연한 중얼거림이 흐릿하게 들려올 뿐이었다.

뒤늦게 헐레벌떡 해번소를 찾은 원호와 각대 원주, 나한승들도 이 같은 일에 경악하기는 마찬가지였다. 엄청난 기파(氣波)가 느껴지기에 무엇인가 싶더라니, 홍오가 미친 짓을 하고 있었던 것이다!

"사백조님-!"

홍오가 고개를 들었다.

그러나 그것은 원호를 향해서가 아니었다.

원호의 위쪽 금강문, 기와지붕.

그 위로 시선이 가 있었다.

그곳에 한 노인이 개구리처럼 쪼그리고 앉은 채로 비어 있는 한쪽 소매를 펄럭이며 말했다.

"낄낄낄. 이게 웬일이야? 내가 지금 잘못 보고 있는 게 아닌 거 맞지?"

옆에 선 청년이 음산한 웃음을 흘리며 다시 되물었다.

"나도 내 눈을 믿을 수가 없구먼. 홍오 저놈, 갈 날을 받아놓고 다 죽어가던 척하지 않았던가?"

그에 대한 대답은 다른 곳에서 들려왔다.

검과 도를 보관한 법당의 지붕, 홍오의 뒤쪽에서다.

"젊었을 때 그대로의 홍오를 보는 듯하군. 이거야 원, 우리가 그동안 속고 있었던 모양이야! 다 죽어가긴커녕 생생하기 그지없구먼!"

그리고 마지막으로 또 한마디가 금강문을 막 들어서서 해번소로 걸어오던 신선풍의 중후한 인상을 가진 노인에게서 들려왔다.

"조금만 더 참았다면 좋았을 것을. 쯧쯧…… 막 떠나려던 참인데 그 조금의 시간을 기다리지 못했는가, 이 친구야."

무인들은 엄청난 무게감에 짓눌려 좌우로 갈라섰다.

티격태격하던 강호의 네 절대자가 어느새 한마음으로 뭉쳐 모습을 드러냈다.

이윽고 피부를 찢어발기는 듯한 살기가 사방에서 해번소를 향해 휘몰아쳤다.

제 7 장

일촉즉발

　우내십존 중 넷이 뿜어내는 기세에 무인들은 적잖이 당황했다. 자신들을 향해 직접적인 반응을 보이는 것도 아니고, 그들의 관심이 홍오에게 집중되어 있는데도 불구하고 몸이 절로 굳어진다.

　원호는 크게 당황하며 경계했다.

　홍오에게 가진 우내십존의 원한은 작지 않다. 하지만 문각의 부탁에 의해 홍오를 내버려두기로 하지 않았던가?

　때문에 괜히 장건이 곤욕을 치렀던 것이다.

　'한데 왜 굳이 이제 와서?'

　홍오를 향한 엄청난 살기의 이유가 대체 무엇이란 말인가!

그러나 사실 원호가 느낀 것은 살기가 아니었다.

바위를 녹이는 용암보다도 더 뜨거운 투지였다. 그들에게 젊은 날의 홍오는 우상이면서 벽이었다. 언젠가는 뛰어넘어야 할 목표이기도 했다.

그런 목표가 사문끼리의 협약에 의해 제지되어 버렸고, 심지어 홍오는 과거의 그와 동일인이라고는 믿을 수 없을 만큼 정체되어 있었다. 골골대는 골방의 늙은이에 불과할 뿐이었다.

그러나 지금의 홍오는 달랐다.

무슨 일이 생겼는지는 알 수 없었으나, 예전의 기백을 되찾았다. 어지간해서는 미동도 않던 몸이 뜨겁게 달아오른다.

"클클클."

풍진은 한 팔로 자신의 홀쭉한 뺨을 쓰다듬었다.

"저놈 눈빛 봐라. 소름이 쫙 끼치네."

남궁호도 즐거운 표정으로 말했다.

"어쩐지 예전으로 돌아온 듯 보이는군. 무위도 크게 달라졌어."

불타오르는 투쟁심을 감추지 못하겠는지 남궁호의 호흡도 적잖이 흔들리고 있었다.

풍진의 곁에서 허량이 한마디를 더했다.

"내 장담하는데, 저거 지금 싸우고 싶어 안달이 난 거야. 그렇지 않고서야 대놓고 피를 볼 리가 없잖아!"

윤언강은 양쪽으로 갈라지는 무인들의 사이로 홍오를 향해 계속해서 걷고 있었다.

분위기가 심상치 않다.

원호가 손을 들었다.

원우, 원전을 비롯한 각대 원주들과 나한승들이 윤언강의 앞을 가로막았다.

"멈춰주십시오!"

윤언강이 걸음을 잠시 멈추었다.

"잠시만 비켜주지 않겠는가?"

"그럴 수 없습니다."

원호가 잔뜩 긴장한 안색으로 말했다.

"비록 과거에 불미스러운 일이 있었다 하나, 이미 정리된 일로 알고 있습니다."

"그랬지."

"허면 물러서 주시겠습니까?"

"나는 그저 한 가지만 물어보려 할 뿐이네."

"죄송합니다만, 믿을 수 없습니다."

"믿을 수 없다 해도 할 수 없는 일이지. 비키지 않겠다 해도 그 또한 어쩔 수 없는 일."

윤언강의 입가에 작은 미소가 걸렸다.

"나 윤언강이 스스로 원하는 것을 누군가에게 이해시키고 허락을 구해야 하는가!"

오만에 가까운 자신감.

절대자만이 가질 수 있는 그것이다.

원호는 등골이 다 오싹했다.

파스스.

윤언강과 원호의 사이에서 먼지구름이 기이한 버섯 모양으로 피어올랐다가 순식간에 흩어진다.

원호는 입술을 깨물었다.

자기도 모르게 자꾸만 주먹에 힘이 들어간다. 윤언강의 투지에 몸이 반응하는 것이다. 곁에 선 각대 원주들 역시 마찬가지로 투지를 억누르려 애쓰는 모습이다.

원호가 절규하듯 외쳤다.

"검성께서는 본사와 화산의 약속을 저버릴 작정이시오이까!"

"그저 보겠다는 것일세. 오래된 벗이 갑자기 신수가 훤해졌는데, 어찌 그 이유를 묻지 않을 수 있겠는가!"

웃고 있지만 윤언강의 몸에서 흘러나오는 기파가 계속해서 원호를 흔들고 있다.

가슴이 떨린다.

'이러면서도 대화만 하겠다고?

이미 혼란이라면 겪을 만큼 겪었다. 수백 명의 무인들이 몰린 가운데 우내십존까지 엮인 일이다. 상황이 어디까지 번질지 알 수 없는 노릇이었다.

최악의 경우 우내십존을 상대해야 할 수도 있다. 소림의 전

력을 쏟아 부어도 가능할지 장담할 수 없는 끔찍한 대참사가
벌어지는 것이다.

'참아야 하는가!'

으드득.

이가 갈린다.

얼마나 소림을 우습게 보고 있으면 중소 문파의 무인들이 대대
적으로 항의를 하고, 우내십존까지 함부로 행동하는 것인가.

심지어 검성은 대놓고 원호를 위협하고 있다.

이미 타인의 분탕질에 의해 몇 번이나 위기를 겪은 소림이
었다.

지금 물러선다면 소림은 더 이상 물러설 곳이 없다. 우내십
존 넷의 위협에 소림이 무릎을 꿇었다는 소문이 퍼지면 소림
은 더 이상 천하제일이 아니게 된다.

'소림의 존망이…… 내 손에 달려있다! 그러나…… 결코 물
러설 수는 없다. 더 이상의 혼란을 용납해서는 안 된다!'

때로는 무언가를 감수하면서까지 지켜야 할 것이 있는 법이다.

원호는 예전엔 미처 그것을 알지 못했다. 자존심을 굽히고
인내하며 훗날을 도모하는 것이 옳다 생각했다. 그러나 그 결
과로 소림은 이 지경까지 오고 말았다.

같은 실수를 반복할 것인가?

원호는 고개를 저었다.

'내겐 활불과 같은 온화함도, 뭇 사람들이 존경할 만큼의

인품도 없다. 소림을 지키기 위해 내가 할 수 있는 것…… 나 원호만이 할 수 있는 것은…….'

원호는 손에 든 계도의 손잡이를 부서져라 쥐었다.

모질게 마음을 먹은 원호가 일갈했다.

"거문불납(拒門不納)!"

청하지 않은 손님을 문 안으로 들이지 않겠다는 뜻이다. 이 한마디로 원호는 우내십존의 위협에 대한 태도를 확실히 결정한 셈이다.

"지금 시각부터 해번소를 폐쇄하겠소! 이것은 부탁이 아니라 불가피한 상황에 의한 강제조치임을 양해해주시오!"

그것이 원호의 최종 결정이었다.

무인들이 웅성거렸다.

"아니, 사람을 다치게 해놓고 강제 폐쇄를 하겠다고?"

"적어도 해명이든 사과든 뭔가 해야 하는 거 아냐?"

우내십존의 살벌한 기세도 견디기 어려운데 원호의 결정마저도 극으로 치닫고 있었다.

해번소는 순식간에 어수선해졌다.

강압적인 분위기와 살기가 계속해서 치솟았다. 소림이 아니라 전장의 한복판에 서 있는 듯했다.

매풍검 삼다강이 큰 소리로 외쳤다.

"소림이 강호에서 큰 지지를 얻을 수 있던 것은 그 공명정대함에 있었소! 하나 지금의 소림은 무뢰배들이 판치는 난전

(亂塵)이나 다름없으니 그 위엄이 땅에 떨어진 터! 누가 대사의 말을 따르겠소이까!"

일부 무인들이 동조했다.

"맞소!"

"남의 무기를 엉망으로 만들어 놓고 항의하는 사람을 두들겨 팼으니, 이건 행패요!"

"오만함도 이만한 오만함은 없을 거요!"

우내십존을 등에 업은 그들은 더욱 더 자신감을 얻고 언성을 높여갔다.

홍오가 대노하여 앞으로 달려갔다.

"입 닥쳐라! 너희들이 감히 본사를 우습게 보느냐!"

원당과 원림이 홍오를 겨우 붙들었다.

"진정하십시오."

"이러시면 상황만 더 악화될 뿐입니다."

홍오의 눈에 붉은 기가 맺혔다.

"너희들은 배알도 없느냐! 저놈들이 우리 소림을…… 이토록 우습게 보고 있는데…… 그런데도 참을 수 있다고? 그게 소림의 제자로써 할 말이냐!"

사실 지금과 같은 상황이 된 것은 홍오의 탓이 가장 크지 않은가!

그러나 홍오는 전혀 그런 생각을 못하고 있는 듯 보였다. 그저 소림이 업신여겨지고 있다는 사실에만 지독히도 분통을 터뜨리고 있었다.

그것이 뭇 무인들을 더욱 성나게 했다.

"우리가 언제 소림을 무시했다는 거요!"

"우리를 무시한 건 소림이 먼저요!"

여기저기서 항변의 외침이 터져 나왔다.

원호가 사자후(獅子吼)로 무인들의 목소리를 억눌렀다.

"일 각의 시간을 드리겠소! 불만이 있는 분께는 차후에 응당 그에 걸맞은 보상을 해드릴 것이나, 지금은 빈승의 말을 따라 주셔야 할 것이오!"

크어어엉-!

마치 사자가 울부짖듯 원호의 음성이 사방을 진동시켰다.

드드득, 드드득.

작은 지진이라도 난 것처럼 땅바닥이 흔들린다. 뭇 무인들을 위축시키는 강력한 음공이다. 절로 어깨가 움츠러들고 등줄기에 바짝 힘이 들어간다.

이 정도만 해도 원호는 많이 양보한 셈이다. 당장의 혼란이 지나면 후에 피해 보상을 해주겠다고 약조한 것이다.

그러나 검왕 남궁호가 끼어들었다.

"소림은…… 강호의 동도들이 왜 이토록 흥분하고 있는지 그 이유를 외면해서는 아니 될 것일세."

차분하고 낮은 목소리였는데도 불구하고 남궁호의 목소리는 따스한 훈풍(薰風)처럼 해번소를 감싸 안았다. 묵직하게 맴돌던 원호의 사자후가 순식간에 사라졌다.

원호가 분노의 눈길로 남궁호를 쳐다보았으나 남궁호는 빙긋 웃을 뿐이었다.

'홍오가 스스로 화를 자초하였는데 내 이런 기회를 놓칠 듯싶으냐?'

잠시 때를 기다려야 할 거라고 생각했는데, 기회가 너무 빨리 왔다. 남궁호는 속으로 뛸 듯이 기뻐하고 있었다.

힐끗 곁눈질로 윤언강을 보니, 그도 희미한 미소를 띠고 있는 것이 보인다. 한 번 뜀박질에 소림과 홍오, 두 마리 토끼를 다 잡을 기회가 온 것임을 그 역시 알고 있었다.

'이것은 화산에 보내는 우리 지아의 혼수품일세. 더불어 못난 상이 놈이 저지른 잘못에 대한 사과이기도 하지.'

남궁호가 의미심장한 미소를 지어보이며 부드럽게 외쳤다.

"억울한 일이 있는데 눈 가리고 아웅 하는 식으로 넘어가서야 강호의 도리가 아니지 않는가? 자, 나 남궁호가 보장하겠네. 강호의 동도들은 허심탄회하게 사정을 털어놓아 보시게."

그 한마디가 불씨를 지폈다.

소림의 제자들은 섬뜩해졌다.

지금 이곳은 소림이다. 그럼에도 불구하고 남궁호는 자신이 주인이라도 된 양 행세하고 있다. 가만히 있으면 절로 사그라질 불꽃을 일부러 타오르게 만든다.

당장이야 해번소를 폐쇄해서 기분이 상한다 하더라도 돈을 돌려주고 보상과 함께 사과를 하면 사라질 혼란이었다. 그런데 그런 원호의 생각을 직접적으로 반박하고 나선 것이다.

'소림을 노리고 있다!'

홍오를 빌미로 소림을 억누를 생각이다. 아무리 좋게 생각하려 해도 남궁호의 행동은 그것 외에는 없다. 그렇지 않고서야 우내십존 넷이 동시에 나타날 리는 없는 것이다.

무인들이 외쳤다.

"역시 검왕께서는 공명정대하십니다!"

"검왕께서 저희의 억울함을 알아주시니 그저 감읍할 따름입니다!"

원호는 이가 부서져라 갈았다.

'검왕!'

독선이나 검왕이나, 심지어는 검성조차도 마찬가지다. 호시탐탐 송곳니를 드러낼 기회만 노리고 있더니 마침내 본색을 드러냈다.

원호가 웅성거리는 무인들을 무시하고 공력을 끌어 올렸다.

"본사의 제자들은 듣거라—!"

구우우웅!

다시 한 번 심후한 내력이 해번소를 뒤흔들고, 기왓장이 달그락거리며 떨렸다.

"지금부터 해번소에 계신 모든 시주 분들을 금강문 밖으로 모시어라. 이에 응하지 않는 자는 본사의 적으로 간주하여 목숨을 걸고 거지(拒止)하도록 하라!"

무자배 승려들과 나한승들이 곧 일렬로 원호의 뒤로 늘어섰다. 목숨을 걸라는 말에 모두가 긴장으로 경직된 얼굴이다.

이제는 날이 없어진 무기를 원래대로 갈아주고 돈을 돌려주는 일로는 끝나지 않을 것이 분명하다.

금강문의 기와지붕 위에서 풍진이 작은 미소를 띠었다.

"제법?"

원호의 공력이 생각보다 높다. 그 뒤로 선 소림승들의 기세도 만만치 않다. 저들 30여 명만으로 이 자리에 있는 이들 모두를 상대할 기세다.

허량이 고개를 가로저었다.

"그래도 부족하군."

그 말의 의미를 풍진도 알아들었다.

"그래. 예전이나 지금이나…… 우리를 이만큼 흥분시킬 수 있는 놈은 딱 하나 뿐이지."

"녀석에게 무슨 일이 있는가는 확인해봐야지."

"중이라고 부르기도 뭐한 땡중 놈이지만, 그래도 소림의 정심한 내공심법을 익혀놓고 혈기(血氣)라는 건 말이 안 되지."

홍오의 괴팍함과 엉뚱함을 잘 알고 있는 풍진과 허량이다. 남궁호와 윤언강과 달리, 둘은 정치적인 속셈보다 홍오에 대한 원한이 더 크다.

무슨 수로 홍오가 다 죽어가다가 딴 사람처럼 강해졌는지,

왜 정종심법을 익혀놓고도 눈에 혈기가 보이는지 궁금해 미칠 지경이었다.

이미 홍오로 인해 일 갑자가 넘는 세월을 인내하며 살아왔다. 그들 개개인에게 있어 이빨 빠진 호랑이가 된 소림은 무서운 존재가 아니다. 설사 소림이 가로막는다 하더라도 그들은 알아낼 것이다.

한 차례 원호의 경고가 있었지만 우내십존과 마찬가지로 다른 무인들 역시 물러서지 않았다.

우내십존이 그들의 뒤에 있기 때문이다. 적어도 우내십존은 소림의 편을 들지 않을 분위기였다.

소림승들이 전부 원호의 뒤에 서서 명령을 기다리는 가운데, 속가제자 중에 소왕무와 대팔, 그리고 장건만이 아직 뒤에서 어쩔 줄 몰라 하고 있었다.

"야, 우리는 어떻게 해야 돼?"

대팔의 속삭이는 물음에 소왕무가 이를 질끈 물었다.

"원호 사백님 말 못 들었어? 목숨을 걸고 막으라시잖아."

"이런 젠장. 우리가 무슨 수로? 검성이나 검왕이 손가락 하나만 튕겨도 우린 다 죽을 텐데?"

"넌 소림의 제자가 아니냐? 소림의 제자들이라면 당연히 소림의 위기를 보고 물러서면 안 되는 거야. 목숨을 버려서라도!"

장건은 둘의 얘기를 듣고 고개를 푹 숙였다.

"미안해. 이게 다 나 때문이야."

"너 때문이 아냐, 임마."

"나 때문이 맞아. 내가 괜한 짓을 했기 때문이야."

소왕무가 말했다.

"먼저 원한 것도 저들이고, 자기 무기 상태가 어떤지 몰라 본 것도 저들이야. 넌 해달래서 한 건데, 네게 무슨 잘못이 있어?"

"무림인들이 어떤지 알면서도 그랬으니까. 아무리 내가 보기 싫었어도 그냥 줬으면 이런 일은 벌어지지 않았을 거야."

장건이 한숨을 내쉬며 물었다.

"그냥 내가 잘못했다고 빌고 끝내면 안 될까?"

"그런다고 이 지경이 된 일이 원래대로 돌아갈 거 같아? 바보 같은 소리 하지 마. 그랬다가는 넌 물론이고 소림까지도 얕보이게 된다고."

"내가 잘못한 건데 왜 소림이 얕보여?"

"자존심 때문이지."

소왕무가 결연한 얼굴로 설명했다.

"일단 무력시위가 시작되면 누가 먼저 잘못했는가는 중요하지 않아."

"난 이해 못하겠어."

"쉽게 생각해봐. 예를 들어…… 대팔아."

"응?"

"넌 만약에 우내십존 중에 검성이나 검왕이 너한테 뭔가 잘못했다 하더라도 따질 수 있겠어?"

대팔이 눈을 부라렸다.

"미쳤냐? 누구 뒈지는 거 보고 싶어서?"

소왕무가 고개를 끄덕이며 장건에게 말했다.

"봐. 이런 거야. 검성이나 검왕은 워낙 절대적인 고수이기 때문에 함부로 따질 수가 없는 거야. 그런데 저들은 자신들의 잘못은 시인하지 않고 무작정 우리의 잘못으로 몰고 있어. 우내십존이 그랬다면 절대 못 그랬을 거야. 열 받아도 속으로만 삭였을걸?"

소왕무가 맺힌 것을 토로하듯 말을 이었다.

"우릴 우습게 보고 있지 않다면 당연히 정중하게 나왔어야 해. 그래서 홍오 태사백조께서 그렇게 열이 받으신 거지."

장건은 계속 한숨을 내쉬었다.

"그게 그렇게 중요해?"

"괜히 사람들이 명성을 쌓으려고 하는 게 아냐. 명성은 곧 강호에서의 위치와 직결되는 거거든. 하물며 우린 천하제일 소림의 제자가 아니냐!"

적이 흥분한 소왕무에게 장건이 물었다.

"그럼 넌 홍오 대사님을 이해할 수 있다는 거야?"

"너 지금 장난하냐?"

"응?"

"홍오 태사백조님은 너 때문에 나서신 거기도 해. 그런데 네가 홍오 태사백조님을 이해 못하겠다고 하면 그게 말이 되냐?"

"나…… 때문에?"

"그래. 어떻게 보면 네가 먹을 욕을 홍오 태사백조님께서 대신 듣고 계신 거나 마찬가지라고."

소왕무가 주먹을 꽉 쥐었다.

그때 원익이 한 손으로 장부를 들고 소왕무의 머리를 쓰다듬었다.

"네 말이 맞다. 소림의 제자를 함부로 대했다가는 어떤 일이 벌어지는지 모두가 알아야 해. 무자배 아이들은 강호에서 수없이 험난한 일을 겪었다. 소림이…… 좀 더 힘이 있었다면 그런 일은 벌어지지 않았을 거다. 이유야 어찌되었든 간에 강호에서는 얕보이는 순간 먹잇감이 된다."

원익은 눈물까지 글썽였다.

"원호 사형이…… 정말로 큰 결심을 했구나. 이제야 정말 대사형다운 면모를 보이고 있어."

검성과 검왕, 두 거인과 동시에 대치하고 있는 원호의 등을 보며 원익은 감격에 겨워했다.

그러나 장건은 아직도 이해할 수 없었다. 납득이 되질 않았다.

오늘의 홍오는 어딘가 이상했다. 왠지 모르게 비뚤어지고 괴팍한 정도가 심했다. 차마 입 밖으로 내뱉을 수는 없지만

'비정상'적인 것 같았다.

그런데도 불구하고 다들 홍오의 편을 든다. 매일 반감만 표하던 원호마저도 홍오를 감싼다.

'이게 정말 옳은 일일까?'

장건은 머리가 뒤죽박죽으로 복잡하다.

분명 처음에는 장건의 잘못으로 비롯되었는데 그것은 뒷전이 되고 말았다.

소왕무와 대팔은 '우리는 소림의 제자다! 죽어도 좋아!'라는 말을 외치면서 금방이라도 뛰쳐나가려 한다. 둘의 모습을 보는 장건은 더 심정이 복잡하다.

'나만 다르게 생각하는 건가? 내가 원익 대사님께서 말씀하시는 강호의 험난함을 몰라서 그런가?'

원익이 장건의 손을 잡는다. 그리고는 따스한 어조로 말했다.

"다른 사람은 몰라도 넌 알 거다. 사실 원호 사형도 네가 그런 일들을 겪을 때 많이 고민하고 힘들어 하셨어. 말을 하지 않으셨을 뿐이지."

장건은 '아!' 하고 탄성을 질렀다.

모르는 것이 아니었다.

이미 장건 스스로도 험한 일은 겪을 만큼 겪었다. 그러나 스스로 깨닫지 못했을 뿐이다. 장건은 그것이 소림이 우습게 보여서 그런 것이라고는 생각하지 못했다.

"처음엔 그랬어도 풍진 할아버지는 좋은 사람인 줄 알았는데……."

"좋은 사람? 강호에는 좋은 사람이란 없는 법이야. 친한 사람은 있어도 절대적으로 내 편이 되어줄 수 있는 건 오직 사문뿐이지."

원익이 적개심 가득한 눈으로 전방을 주시하며 말했다.

"아무리 우내십존이라 하더라도 남의 문파에서 이래라 저래라 할 수는 없는 거다. 그렇게 자존심이 짓밟히느니 죽음으로 대항하는 것이 옳아. 사형도 이제 그것을 깨달은 것 같다. 내 오늘 실로 수십 년 만에 공력을 쓰게 되었구나. 이럴 줄 알았으면 좀 더 무공에 정진할 것을."

무공에는 뜻이 없는 원익조차 전의를 불태운다.

죽음이란 말을 너무 쉽게 하는 원익의 모습에 장건은 속으로 숨을 삼켰다.

해변소의 분위기는 일촉즉발이다. 강호의 무인들, 원호, 우내십존 중에 누구도 물러서지 않으니 언제 싸움이 터져도 이상하지 않은 일이다.

'난…… 어떻게 해야 하지?'

그렇게 고민하는 장건에게 누군가의 전음이 들려왔다.

『건아. 내 말을 잘 듣거라.』

'할아버지?'

불목하니 노인 문원의 전음이다.

『지금은 혼란스러울 것이나 나중에는 이해하게 될 게다.』

장건은 아직 전음을 보낼 줄 몰라 답답했다. 더구나 문원이 어디 있는지도 알 수가 없다.

장건은 고개를 살짝 저어 보임으로써 모르겠다는 표현을 해 보였다.

『싸움을 멈추고 싶으냐?』

장건은 고개를 끄덕였다.

『그렇다면 지금의 상황을 잘 봐라. 네가 할 수 있는 일이 뭐가 있겠는지.』

장건은 강호의 사정에 어둡기도 하지만 우내십존이나 무인들 개개인에 대해서도 잘 모른다. 만일 싸움이 시작된다면 장건 역시 소림의 제자로서 마구잡이로 싸워야 한다고만 생각이 들었다.

'모르겠어요.'

장건이 입모양을 벙긋거리는데 문원은 기가 막히게도 알아들은 모양이었다.

『네가 주의할 것은 저 네 명의 나쁜 노인네들뿐이다. 다른 이들은 크게 신경 쓰지 않아도 돼.』

문원은 우내십존보다 더 나이가 많은데 '나쁜 늙은이'라고 하니 우습다는 생각이 든다. 하지만 결코 장건은 웃을 수 없었다. 아마도 문원에게는 그것이 그가 할 수 있는 최대의 욕일 터였다.

『검성과 검왕은 정치적인 이유로 우리 소림을 노리고 있는 터라 일에 가장 크게 개입할 가능성이 크다. 하지만 과거의 약조 때문에 직접적으로 홍오에게는 손을 쓸 수가 없어. 아마도 싸움이 난다면 본사의 승려들을 상대할 게야.』

장건은 조심스럽게 서로 반대편에 있는 윤언강과 남궁호를 살펴보았다.

『무당은 타 문파의 일에 개입하길 꺼리는 편이나, 환야가 홍오에게 악감정이 있으니 싸움에서 배제할 수 없다. 아마도 은근슬쩍 끼어들 확률이 높지.』

장건은 문원의 말을 되새기며 허량을 살폈다. 허량은 지금의 상황을 즐기듯 편안히 웃고 있었다. 뭐가 어떻게 되든 크게 상관없다는 듯한 태도였다.

『하지만 가장 문제가 되는 것은 청성파의 풍진이야. 그는 이미 청성을 나오기로 하여 거리낄 것이 없다. 싸움이 벌어지면 가장 먼저 홍오에게 칼을 들 게다.』

그렇다면…….

장건은 기와지붕 위에 쪼그리고 앉은 풍진을 쳐다보았다. 말로 형언할 수 없을 정도의 맹렬한 기세를 풍기고 있다. 우내 십존 넷 중에서 가장 투지를 보이는 이도 바로 그다.

장건은 고개를 끄덕거렸다.

'제가 할 수 있는 일을 알겠어요.'

부친인 장도윤과의 약속이 못내 마음에 걸렸지만 어쩔 수 없었다. 그렇다고 지금 장건 혼자 몸을 내뺄 수도 없는 것이니 말이다.

『싸움이 벌어지지 않는다면 그보다 좋은 일은 없겠지. 하지
만…… 아무래도 홍오에게 이상한 일이 생긴 것 같아. 나는 그
것을 알아보러 가야겠다. 곧 방장이 올 테지만, 그때까지는 부
디 조심하거라.』

그 말을 끝으로 문원의 전음은 더 이상 들려오지 않았다.

'홍오 대사님께……?'

어딘가 이상하다고는 생각했지만 문원마저도 그것을 알 정
도인지는 몰랐다.

장건은 고개를 돌려 홍오를 보다가 깜짝 놀랐다.

홍오의 눈에서 줄기줄기 핏빛 광채가 뿜어져 나오고 있는
것이다!

'홍오 대사님!'

홍오의 시선은 풍진에게 닿아 있다. 풍진은 처음부터 계속
해서 홍오에게만 살기를 쏘아 자극하고 있었다. 홍오가 그것
을 참지 못하고 혈기가 끓어오른 것이다.

홍오는 한순간 폭발하듯 크게 고함을 내질렀다.

"크아아아-!"

홍오를 제지하고 있던 원자배 승려들이 튕겨져 나갔다.

"너 이놈!"

홍오의 손가락이 풍진을 향했다.

이글거리는 핏빛 눈동자로 풍진을 노려보며 노호성을 내질

렀다.

"덤비고 싶으면 덤벼라! 예전처럼 얻어터지고 싶으면 그렇다고 하든지! 당−장− 내려오너라!"

"큭큭큭. 그거 좋지."

풍진의 눈매도 서릿발처럼 차가워졌다.

"드디어…… 네놈의 목을 베어버릴 수 있겠구나! 이 몸께선 네가 예전으로 돌아오길 학수고대하고 있었단 말이다!"

풍진이 천천히 몸을 일으키며 가볍게 뛰었다. 사람 키의 두 배도 넘는 금강문의 지붕에서 아무런 소리도 없이 폴짝 땅으로 내려선다.

물길이 갈라지듯, 금강문의 앞에서부터 무인들이 옆으로 쭉 비켜섰다.

"클클클. 이제야 홍오 네놈을……."

홍오 역시 그 앞쪽으로 풍진을 맞이하듯 걸어갔다.

"같잖은 놈. 흐흐흐흐."

원호가 홍오의 앞을 막아섰다.

"비켜라."

원호는 굳건하게 막고 서서 비키지 않는다. 홍오의 눈에서 혈기가 흘러나옴에도 당당하게 서 있었다.

"비키지 않으면 죽는다."

음산한 홍오의 목소리에 원호는 눈썹을 찡그렸다. 하지만 이내 평정을 되찾으며 말했다.

"손을 쓰는 것은 저들이 먼저여야 합니다."

"뭐?"

"소림을 위해서 잠시만 참아주십시오. 도발에 넘어가시면 안 됩니다."

결연한 원호의 어조에 홍오의 눈빛이 흔들렸다.

"소림을 위해서……."

"그렇습니다."

소림을 위해서라는 한마디가 거칠 것 없이 분개하던 홍오를 잠시 되돌아오게 만들었다. 홍오에게 중요한 것은 오로지 소림뿐이다. 소림을 위해 굉목도 버렸다. 소림을 위해서라는 말이 홍오에게는 가장 중요하다.

"좋다. 조금만 참아주마."

홍오는 여전히 뻘건 혈기를 내뿜고 있었으나 용케도 참아냈다.

"겁먹은 거냐?"

"퉤!"

풍진이 콧잔등을 찌푸리며 도발했지만 홍오는 대꾸도 하지 않았다. 그저 풍진을 노려보기만 할 뿐이다.

지켜보던 무인들이 안타까운 탄성을 냈다.

일촉즉발의 상황이지만, 누군가 먼저 손을 쓰기 전에는 결코 타오르지 않을 불이었다.

이대로라면 지지부진하다가 마무리될 공산이 컸다. 그러나 그렇게 되면 자신들의 억울함은 어찌 풀 것인가!

하다못해 자신들의 병기를 못 쓰게 만든 장건에게 따지지도 못하게 한 홍오가 우내십존의 손에 쓰러지는 모습 정도는 보아야 속이 풀리지 않겠는가!

그런데 그때.

아무도 예기치 못한 일이 벌어졌다.

"으아아아아—!"

엄청난 고함소리가 해번소를 진동시켰다.

우내십존을 비롯해 모든 무인이 경악할 정도로 큰 외침이었다.

꽈르릉—

온 산을 찢어발길 듯한 우렛소리가 나며 하늘에서 누군가가 떨어져 내린다.

"내 천룡검을! 본문의 신검을 이렇게 만든 놈은 당장 나와라! 죽여 버릴 테다!"

거의 절규에 가까운 목소리였다.

가뜩이나 팽팽하게 긴장이 감돌던 때다.

"장—건! 장—거—언!"

갑작스레 괴한이 장건의 이름을 부르자 소림승들은 한껏 긴장했다. 목표가 장건인 듯하다.

장건이 아니면 다른 누구라도 죽이겠다는 듯이 하늘에서 무지막지한 공력을 폭발시키며 떨어져 내리는데, 이를 그대로 볼 수는 없는 노릇이다.

긴나라전의 원상이 곧으로 그를 마주해갔다.

하늘에서부터 떨어져 내리던 상대는 왼손으로 검을 거꾸로 잡아 등 쪽으로 향하게 하고 오른손으로는 장을 뻗었다.

"으아아아! 천룡강림(天龍降臨)!"

원상이 사력을 다해 곤을 뻗어 나한청강곤(羅漢靑剛棍)으로 맞섰다.

꽈–아–앙!

그것이 폭발의 시초가 되었다.

＊　　　＊　　　＊

원래 고현은 전날 소림에 도착했다.

소림에 몰려든 수많은 남녀노소들을 보고 놀라기도 했지만 그것도 잠시.

이리저리 얘기를 들어보며 다닌 결과, 고현은 소림에서 자신이 얻을 수 있는 게 아무것도 없다는 걸 깨달았다.

장건의 비무가 세가의 젊은이들 때문에 엉망이 되어 더 이상은 비무를 할 수도 없게 되었고, 무인들이 모이면 으레 열리는 무림대회도 개최되지 않았다.

'나도 이참에 짝이나 찾아야 할까……'

젊은 시절부터 이십 년을 동굴에 처박혀 살아온 고현이다. 꽃향기를 풍기며 지나치는 젊은 처녀들을 볼 때마다 마음이 설레었다.

그러나 부모의 원수를 갚지도, 문파를 일으키지도 못한 채 여자의 뒤를 쫓아다닐 수는 없었다.

 게다가 그는 겉보기와 달리 나이가 마흔이 넘었다. 나이를 속이고 젊은 여자를 만나기에는 그의 자존심이 허락하지 않았다. 그렇다고 겉모습은 젊은 총각인 자신이 이제껏 혼인하지 않았을 중년의 처녀(?)를 만나기도 애매하다.

 더구나 무당의 환야가 반로환동하여 백이 넘는 나이에 젊은 여인네들과 놀아나려 했다는 사실이 들통 나면서, 고현은 괜히 자신이 민망해지고 죄를 지은 기분이 들었다.

 뭇 여인들이 잘생긴 그를 보고 다가와도 고현은 어쩔 수 없이 거절하고야 말았다. 어쩌면 그것은 약간 소심한 그의 성격 탓인지도 몰랐다.

 하필 술도 마실 수 없는 사찰인지라 겨우 하루가 지났는데도 밤이 길기만 했다.

 이래저래 고현은 소림에서 할 일이 없었다.

 '휴우. 정말 내 인생이 꼬이긴 꼬였구나.'

 기껏 소림에 와서도 아무것도 할 수가 없게 되다니…… 고현은 자신의 운을 한탄할 수밖에 없었다.

 고현은 거의 뜬눈으로 밤을 새웠다. 술이 그리워 참기가 어려웠다.

 '그냥 소림을 나가야겠다. 뭐 주워 먹자고 거지처럼 이리 기웃 저리 기웃 하는 것도 정말 신물이 나는구나.'

소림을 떠나야겠다는 결정에는 해번소의 병가에 맡긴 천룡검에 대한 걱정도 한몫했다.

이십 년을 한시도 떼놓지 않던 문파의 보물이었다. 아무리 소림에 들어오기 위해서 어쩔 수 없었다 해도…… 천룡검문을 상징하는 유일한 보물을, 그것도 문주나 다름없는 신분인 자신이 타인의 손에 천룡검을 맡겼다는 것이 썩 내키지 않았던 것이다.

하지만 이른 아침, 간단한 행낭을 꾸려 떠나던 고현은 평생에 잊지 못할 인연을 만나고 말았다.

가히 심장이 떨리도록 아름다운 여인을 보고 만 것이다. 손끝 하나의 작은 움직임에도 고현의 심장은 터질듯 요동을 쳤다.

'사, 사람이 이렇게 완벽할 수 있을까……'

거의 이십이 넘는 나이차가 나는 듯했지만 그런 것은 아무래도 상관없었다. 백리연을 본 순간, 고현은 이십 대 초반이던 당시로 되돌아가버렸다.

고현은 해번소에서 줄을 서 차례를 기다리면서도 그녀에 대한 생각으로 가득했다.

'그래. 나이가 중요한 것은 아니지 않은가!'

실로 간만의 두근거림을 무시할 수 없었다. 하다못해 말이라도 걸어봐야겠다고 결심한 고현은 해번소에서 옆 사람에게 자리를 맡아 달라 부탁한 후 다시 내원으로 돌아갔다.

그렇게 한동안 찾아다닌 끝에 그녀를 만나긴 했으나, 미녀는 죄송하다 고개를 저을 뿐이었다.

그녀의 곁에서 못된 학사가 '이젠 별 듣도 보도 못한 시답잖은 놈들이 다 꼬이네. 용감한 건지, 멍청한 건지. 지가 장건보다 낫다는 거야, 뭐야.' 라고 나불거릴 때에야 그녀가 장건과 연분이 난 백리연임을 알았다.

고현은 어쩔 수 없이 마음을 접어야 했다.

역시나 명성이 문제였다. 자신이 조금만 더 빨리 명성을 날렸더라면 백리연은 자신의 여자가 되었을지도 모른다는 생각이 들었다.

현 강호 최대 화두인 장건의 명성은, 아무리 무공이 고강하다 해도 이제 갓 강호초출인 그가 어떻게 해볼 수 없는 높은 벽이었다.

우울한 마음으로 해번소에 돌아와 천룡검을 찾았을 때에도 고현은 백리연에 대한 생각으로 머리가 꽉 차 있었다.

고검처럼 보이던 천룡검의 검집이 새것처럼 되었는데도 '소림에서 손질을 해주다니, 고마운 노릇이군.' 하고 넘길 정도로 백리연에게 빠져 있었던 것이다.

그런데 소림을 거의 벗어났을 때, 고현은 뭔가 이상하다는 걸 깨달았다.

천룡검이 왠지 가벼워진 듯한 기분이 들었다. 그것은 보통 사람은 감지할 수 없는 미세한 감각이었다.

이십 년을 손에서 검을 떼어놓지 않았던 자, 혹은 감각이 극

대화된 일류 고수만이 알 수 있는 것이었다.

그제야 고현은 자신의 소중한 천룡검이 다른 사람에 의해 잘 손질이 되어 있다는 사실을 되새겼다.

왜 이렇게 되었는지 생각하다 보니 천룡검을 찾을 때 소림의 승려가 뭔가 희한한 말을 물었던 것 같다.

– 똑같이 해드릴까요?

백리연에 대한 생각으로 가득해 자기도 모르게 그 말을 흘려들으며 고개를 끄덕인 듯하다.

'그게 이런 뜻이었던가?'

당시에 무슨 말인지 따졌어야 했다. 천룡검은 다른 이들은 결코 손대서는 안 될 문파의 보물이 아니었던가!

'이런 바보 같은…… 내가 왜 무심코 넘겨버렸지?'

고현은 검을 뽑아 보았다.

그리고 경악했다.

"어억!"

천룡검문의 시조 때부터 사용했음에도 세월의 흔적만 남고 여전히 날카로운 절세의 보검이었다. 그런데 그 보검이 세월의 무게를 이겨내고 새것처럼 번쩍번쩍 광이 나는 것이다.

"아무리 그래도 검신에까지 손을 대다니!"

검집이 아니라 검신까지 손을 댔다는 것은 결코 용납할 수 없는 일이었다.

황당함 반, 분노 반의 감정으로 서둘러 해번소로 돌아오던 고현은 갑자기 해번소로 몰리는 사람들의 입을 통해 전모를 알게 되었다.

장건이 모든 병기의 날을 갈아 없애버렸다는 것이다!

고현은 그 자리에서 천룡검의 날을 확인했다.

혹시나 했는데, 역시나!

천룡검의 날이…… 없었다.

천룡검이 손상당했다는 것은 시조의 유골이 훼손당한 것과 마찬가지였다. 천룡검문의 정통성과 의미가 훼손된 것과 마찬가지였다.

자신이 그것을 미처 몰랐다는 자책과 함께, 그동안 쌓여온 울분이 한꺼번에 폭발했다.

무시당하고 업신여겨지고.

되는 일도 없고.

그 와중에 좋아하던 여인마저도 빼앗은 놈, 그놈이 문파의 보물을 훼손하기까지 했다.

고현은 눈이 돌아갔다.

절세의 무공을 지니고 더 이상 참을 이유가 없었다.

우내십존이 있든 소림의 나한들이 있든, 무림 공적으로 몰리든, 더 이상 고현은 그런 주변의 상황들이 눈에 들어오지 않았다.

"으아아아아-!"

전신의 모든 공력을 끌어올린 고현은 미친 듯이 괴성을 지르며 하늘로 뛰어 올랐다.

그리고는 장건의 이름을 부르며 해변소로 난입한 것이다.

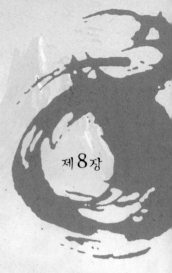

제 8 장

혼전(混戰)!

"크윽!"

원상의 나한청강곤은 눈이 돌아갈 대로 돌아간 고현의 일장을 막기에는 버거웠다.

우직— 꽝!

둔탁한 소리가 나며 원상의 발밑이 푹 꺼졌다. 원상은 그대로 서 있긴 했으나 이미 내상을 크게 입은 상태였다.

땅으로 내려선 고현이 다시 일장으로 원상의 가슴을 치자, 원상은 실 끊어진 연처럼 뒤로 튕겨져 날아갔다.

"원상 사제가 단 일합에!"

원호는 경악했다.

몇몇을 제외하고는 세상에 어느 누가 소림의 원자배 승려를 일합 만에 무력화시킬 수 있단 말인가!

그러나 원호는 원상을 걱정할 틈이 없었다.

팽팽하던 긴장 속에서 모두가 극도로 경계를 하던 와중이었다. 그러던 중에 청천벽력 같은 고함 속에서 첫 격돌이 벌어진 것이다.

다른 무인들은 자기도 모르게 순식간에 분위기에 휩쓸리고 말았다.

"와아아아-!"

"소림도 별것 아니구나!"

"소림은 무릎 꿇고 우리에게 사죄하라!"

뭇 무인들은 우내십존 외에도 엄청난 실력을 지닌 자신들의 우군이 등장했다는 사실에 안도했다. 그러면서 더욱 활개를 치기 시작했다.

차라랑!

이곳저곳에서 무기를 꺼내들자 눈이 어지러울 정도로 엄청난 섬광들이 번뜩였다.

"우와아아아!"

누가 먼저랄 것도 없이 무인들과 소림승들 간에 격전이 벌어졌다.

말 그대로 혼전이 시작되고 만 것이다.

'이렇게 되면 필사의 각오로 싸울 수밖에 없겠다!'

원호는 이를 악물었다. 그는 공력을 끌어올린 후 몸을 날려 혼전의 가운데로 뛰어들었다.

챙챙챙!

섬광과 함께 고막을 찢을 듯한 병장기 부딪히는 소리가 사방에서 들려왔다.

고현은 원상을 날려버린 후 땅에 착지하여 늑대처럼 울부짖었다.

"장건! 장건이란 놈, 어디 있느냐!"

억지로 참고 있던 홍오가 고현을 공격해갔다.

"새파랗게 어린놈이 감히 본사의 제자를 치다니!"

힘껏 도약한 홍오의 손과 발이 몇 개나 되어 고현을 덮쳤다.

아직 강호의 경험이 적은 고현은 홍오의 공격이 무슨 수법인지는 알지 못했다. 하나 기이하게도 서넛의 다른 기파(氣波)가 느껴지는 것이 범상한 공격은 아니었다.

주먹을 뒤로 피하면 발이 날아올 것 같고, 권풍을 피하면 지풍이 날아들 듯 기묘한 감각에 휩싸였다.

그렇다고 물러설 고현이 아니었다. 그간 쌓인 울분을 한꺼번에 풀어버리려는 듯, 고현은 정면으로 홍오를 상대했다.

왼 다리를 들어 올리고 오른손의 검극은 지면으로 하는 자세에서, 왼발로 강하게 땅을 차 진각을 밟고는 몸을 뒤집으며 검을 앞으로 내질렀다.

"천공부퇴번신(穿空仆腿翻身)!"

곧바로 찌르는 듯하지만 검은 홀로 휘어져 사방을 모조리 긋는 듯하다. 마치 용이 웅크리고 있다가 용트림을 하며 몸을 사방으로 요동치는 모습이다.

이 일검이 단숨에 홍오의 공세를 파훼해 버렸다.

그러나 홍오의 공세가 사멸된다 싶더니, 어느샌가 홍오 역시 고현처럼 몸을 뒤집어 고개를 하늘로 향했다. 그리고 홍오의 양 손바닥이 천룡검의 검면을 짚는다.

"엇?"

아교가 발라진 듯, 천룡검은 홍오의 손에서 떨어지지 않았다. 고현으로서는 기가 막힐 노릇이었다. 천룡검문의 초식 자세를 노승이 똑같이 따라하면서 반격까지 해오다니!

고현이 몸을 뒤집자 홍오 역시 손을 떼지 않은 채로 팽글 돈다. 둘은 몇 번이나 돌았다. 고현은 당황해 검을 힘껏 떨쳤다.

그러나 순간 홍오가 슬쩍 고현의 무릎을 밀었다. 무영각에 기초한 슬축(膝蹴)인지라 홍오의 어깨는 미동도 없었다. 고현은 미처 낌새도 알아채지 못하고 휘청거렸다.

"비겁한!"

고현의 다급한 외침 속에서 홍오는 코웃음을 치며 휘청대는 고현의 어깨에 주먹을 날렸다.

내민 발과 내민 주먹이 같은 쪽인 순보추(順步捶)의 직권(直拳) 풍운평마타(風雲平馬打)!

근접 직선거리에서 가장 강한 위력으로 아름드리나무를 무너뜨릴 수 있다는 공동파의 권초다.

피할 겨를이 없자 고현은 아예 어깨로 홍오의 주먹을 들이받았다. 무지막지한 내공을 믿고 시도한 것인데, 이것은 홍오에게도 뜻밖의 공격이었다.

단순히 맞는 어깨를 내민 것이 아니라 몸 전체에 호신강기를 펼친 것이다.

뻑!

어깨와 주먹이 공중에서 마주치자 바로 밑바닥이 깨지며 흙과 돌조각이 튀었다.

홍오는 순보추의 궁보 자세에서 그대로 일장이나 밀려나갔고, 고현은 그 자리에서 살짝 허공에 떴지만 몸을 틀며 사뿐히 내려앉았다. 내상은 조금도 입지 않은 모습이었다.

그러나 경험의 차이라는 건 실전에서 더 간격이 크게 벌어지기 마련이다. 고현이 스스로도 자신의 임기응변에 놀라 잠시 감탄하는 데 비해, 홍오는 벌써 다음 공격을 준비하고 있었다.

궁보의 자세에서 마보로 전환한 홍오가 일장의 거리에서 주먹을 내밀었다.

'아차!'

보이지 않는 무언가가 홍오에게서 밀려들고 있다는 사실을 깨달았을 때에는 벌써 바로 코앞까지 권경이 다가온 상태였다.

허공을 격하고 상대를 치는 백보신권이다.

"타아앗! 승룡개천(昇龍開天)!"

천룡검문의 검초는 검끝을 아래로 향하는 기수식이 많다. 그리고 그것에서부터 공격과 반격이 시작된다. 그러나 이 승룡개천은 검끝을 위로 향하는 초식이었다.

고현은 그 짧은 틈에 무려 두 번이나 몸을 뒤집으며 마치 용이 하늘로 승천하는 듯한 자세에서 검을 뿌려댔다.

우르르릉.

놀랍게도 뒤늦은 승룡개천의 초식에 백보신권의 권경이 휩쓸리고 말았다. 억지로 펼친 초식임에도 순수한 내공으로 백보신권을 무력화시킨 것이다.

제대로 이 둘을 보고 있던 사람이라면 고현의 끝도 없는 내공에 입을 다물지 못할 터였다.

그러나 주먹을 뻗고 있던 홍오의 모습이 흐릿해져갔다. 홍오의 눈에서 줄기줄기 뻗어 나오던 붉은 혈기가 허공에 선을 긋듯 길게 늘어진다.

고현은 급하게 출수하는 바람에 기혈이 들끓어 아주 찰나간 내공을 제대로 운용할 수 없었다. 그가 기감을 곤추세우며 경계하기가 무섭게 등 뒤 명문에 뜨끈한 기운이 와 닿았다.

"이, 이형환위!"

막대한 내력이 필요한 백보신권을 사용하면 그 여력에 잠시 몸이 굳기 마련인데, 홍오는 백보신권을 시전함과 동시에 개방의 취팔선보로 여력을 흩어버리며 고현의 뒤를 잡은 것이다.

그제야 홍오가 한마디를 한다.

"멍청한 놈. 어디서 누구한테 무공을 배웠기에 말끝마다 초식명을 외치는 게야? 쯧쯧. 그러니 빈틈이 생기지."

고현은 아무 말도 할 수가 없었다.

그것은 일종의 습관이었다.

어둑한 동굴에서 홀로 이십 년을 수련하는 일은 심심하고 지루한 일이다. 때문에 지루함을 잊고자 동작마다 초식을 외치던 것이 몸에 익어버렸다. 가르쳐 주는 이도 없이 홀로 고독과 싸우며 무공을 배워야 했기에 들어버린 습관이다.

'우내십존도 아닌 일개 소림의 노승에게 이렇게 당하다니! 내가 너무 자만했구나……'

첫 출도한 강호는 만만치 않았다.

움직이는 순간 당하리라는 걸 알고 있으니 함부로 피할 수도 없는 상황.

저릿!

홍오가 발경을 시도했는지 고현은 등 뒤가 오싹해졌다.

'지금 피해야 한다!'

그런데 그 순간 누군가 끌어당기듯 고현은 옆으로 밀려나갔다.

뻐-엉!

가볍게 선 자세로 손바닥을 내밀고 있던 홍오의 전면에서 공기 터지는 소리가 났다. 흙먼지가 흐릿한 구체(球體)를 이루며 폭발했다.

고현이 거기에 그대로 서 있었다면 지독한 내상을 입는 것은 당연하고, 어쩌면 폐인이 되었을지도 모를 강렬한 발경이었다. 하지만 고현은 벌써 그 자리에서 서너 걸음이나 옆으로 이동한 후다.

으드드득!

홍오가 부서져라 이를 갈며 고현의 뒤쪽을 바라보았다.

지붕에서 내려온 검왕 남궁호가 고현을 일으켜 세우며 웃고 있다. 고현이 어리둥절하자 남궁호가 웃으며 말했다.

"젊은 친구가 상당한 내력을 가졌군."

상당한 내력을 가진 건 맞지만 젊은이는 아니기에 고현은 고맙다는 말도 못하고 남궁호만 바라보았다.

"자네가 찾는 장건이란 아이는 저 땡중이 아닐세. 자네만 괜찮다면 저 미친 땡중은 우리가 상대했으면 하는데, 어떠한가?"

남궁호가 넌지시 법당 쪽을 눈짓한다. 장건이 그곳에 있음을 가리킨 것이다.

고현은 홍오와 다시 한 번 싸우고 싶은 마음이 간절했다. 하지만 남궁호가 거들어 주지 않았다면 마지막 발경을 스스로의 힘으로 피하다가 적잖은 부상을 입었을 터다.

아쉽지만 고현은 입을 열었다.

"고맙습니다."

고현에게 중요한 것은 장건이었다. 일단 장건을 어떻게든 해야 그의 화가 풀릴 것이다. 노승에 대한 복수는 이후라도 늦지 않다.

"고마울 것 없네."

남궁호는 여전히 미소를 머금고 있었다. 그러나 속내는 다르다.

'어디서 온 청년인지 몰라도 엄청난 실력이군. 순수한 내공으로 치자면 이 중에서도 손에 꼽겠어. 부족한 경험을 내공으로 보완할 정도니…… 지금 홍오에게 당하도록 두기엔 아깝지. 좀 더 날뛰어 줘야겠어.'

남궁호가 이어 홍오를 보며 말했다.

"네 상대는 이런 어린아이가 아닐 텐데? 저기 기다리는 친구가 있질 않은가?"

수없이 부딪치는 병장기와 인파 속에서 홀로 서 있는 풍진을 가리키는 말이다. 누구도 그의 근처에는 감히 가려 하지 않는 것이다.

그러나 먹이를 빼앗긴 홍오의 분노는 더 타올랐다.

"어디 개새끼가 사람의 일에 끼어드는가!"

홍오는 막무가내로 남궁호에게 달려들었다. 남궁호는 적이 곤란한 표정으로, 하지만 결코 저어하지는 않으며 대답했다.

"이런이런, 이러면 네 사부께서 당부하신 말씀을 어쩔 수 없이 어기게 되지 않겠나. 문각 선사께서는 내 목숨을 내어주면서까지 자네와 싸우지 말라고는 하지 않으셨으니 말일세."

"닥치고 덤비기나 하거라, 이놈!"

홍오의 거친 진각이 남궁호를 기쁘게 했다.

"하하하하! 풍진, 이 친구야! 자네에게 미안하게 되었네!"

풍진의 얼굴이 한껏 찡그려졌다. 순리대로라면 이 자리에서 홍오와 싸울 수 있는 것은 자신뿐인데, 그 홍오가 남궁호에게 덤벼들었으니 이제 문각 선사의 유명은 물 건넌 것이나 다름 없게 되어 버렸다.

"스스로 적을 늘리다니, 확실히 돌았군."

홍오의 눈에서 엿보이는 혈기.

그것은 분명 비이성적으로 행동하는 홍오가 확실히 잘못되었음을 여실히 증명하는 것이었다.

물론, 젊었을 때의 홍오나 지금의 '미친' 홍오나 뻘건 기운의 눈빛만 빼면 별다를 바가 없긴 했지만.

장건은 아랫입술을 꼭 깨물었다.

벌어지지 말아야 할 일이 벌어지고 말았다.

쨍쨍!

챙챙챙.

귀를 찌르는 금속성은 듣기만 해도 거북하다.

"소림이면 다냐!"

"어차피 늙은 호랑이에 불과하면서!"

악을 쓰는 무인들의 목소리가 장건의 심기를 혼란하게 만든다.

지난번 소림의 정문에서 있었던 일의 양상과 비슷하다.

그러나 지금은 장건 자신의 잘못으로 벌어진 일이 확실하다는 것이 다르다. 홍오가 불을 지핀 것은 나중 일이다.

때문에 장건은 섣불리 나설 수가 없었다.

이미 소왕무와 대팔은 모처럼 마음껏 싸울 수 있게 되었다며 격전의 복판으로 뛰어든 지 오래다. 둘은 속가제자 중 최고를 다투는 실력답게 각기 두어 명씩의 무인들을 상대하고 있었다.

불목하니 노인 문원조차도 이런 일은 예상하지 못했을 터였다.

그때 홍오와 싸우던 청년, 고현이 장건이 있는 법당 쪽으로 걸어오며 소리쳤다.

"장건!"

장건이 고개를 돌려 청년을 쳐다보았다. 호랑이 같은 눈을 한 청년이 장건을 향해 다가온다.

"물러서시오!"

무자배의 나한승이 고현을 향해 봉을 뻗었다. 고현은 한 손으로 봉을 쳐내며 검집으로 나한승의 다리를 후려쳤다. 나한승이 봉을 지지대로 삼아 위로 뛰어 피하자, 고현은 공중으로 장을 뻗었다.

퍽!

나한승은 허공에서 장력을 맞고 추락했다.

다른 나한승이 고현을 가로막자 고현은 대번에 그의 가슴팍을 걷어찼다. 나한승이 손가락을 가지런히 모으고 손목을 굽혀 누수(摟手)의 수법으로 고현의 발을 걷어내려 했으나, 고현은 훌쩍 뛰어 다른 발로 나한승의 뒷목을 가격했다.

나한승은 '끅' 하고 답답한 신음소리를 내며 쓰러졌다. 홍오와도 겨룰 만했으니 무자배의 나한승들이 고현을 막기엔 역부족이다.

현묘한 절세의 보법이나 현란한 신법을 사용하는 것은 아니었지만, 막대한 내공을 바탕으로 움직이는 고현의 동작은 너무 빨라서 눈으로도 잡기 어려웠다.

"장건!"

장건과 일직선상에 선 고현이 다시 장건의 이름을 불렀다. 장건은 낮은 한숨을 내뱉으며 고현의 앞에 섰다.

"전데요."

고현은 장건을 보며 더 분노했다.

잘나 보이는 것도 아닌 평범한 아이였다. 무공을 배우기나 했는지, 뭘 그렇게 못 먹어서 왜소한지, 도통 알 수가 없는 보통의 아이였다.

'이런 아이가 어찌 강호제일미와 어울릴 수 있단 말인가!'

고현이 목에 핏대를 세우며 소리쳤다.

"네가 무슨 잘못을 했는지는 잘 알고 있겠지!"

"네."

순순히 대답하는 장건의 말에 고현은 잠깐 할 말을 잃었다.

장건이 진지하게 말을 이었다.

"하지만 전 그 어떤 것도 사람보다 중요하다고 생각하진 않아요."

"그건 네 생각이야!"

고현이 천룡검을 앞으로 내 보였다.

"이 검은 조사께서 남기신 본문의 보물이다! 그런데 네가 이 검을 훼손시킴으로써 본문의 정기가 훼손되었단 말이다!"

하지만 겉으로 보면 뭐가 훼손되었는지는 전혀 알 수가 없다. 휘황찬란한 백색의 검신이 자태를 뽐내고만 있을 뿐이다.

화를 내는 고현과 달리 장건은 아련한 눈으로 고현에게 맞고 쓰러진 두 나한승들을 응시하고 있었다. 둘 다 입에 피거품을 물고 있어서 작지 않은 부상을 입은 듯했다.

장건이 고개를 돌려 고현을 보았다.

"그것이 사람을 다치게 하는 것보다 더 중한가요?"

"다치게 해? 하! 이 검이 그냥 검인 줄 아느냐? 너 같은 꼬마 수백 명의 목숨을 가져다주어도 구할 수 없는 것이다!"

고현은 스스로도 이런 말을 할 수 있다는 사실이 놀라웠다. 그러나 화가 나면 무슨 말인들 못하겠는가?

욱하고 치미는 성격이 있는 것은 장건 역시 마찬가지였다.

"아아. 그랬군요."

"뭐가!"

"저는 제가 날을 없앤 것이 잘못한 일이라고 생각했었어요."

고현은 잠깐 황당했다.

"조금 전엔 네가 잘못했던 거라며!"

장건이 고개를 저었다.

"한데, 이제 보니 잘못한 게 아니었네요. 정말 그건 핑계에 불과했고, 다들 그 무기로 어떻게 하면 사람을 다치게 할 수 있을까 고민하고 있었을 뿐이네요."

"그게 당연하지! 그렇지 않으면 뭐하러 무공을 배운단 말이냐!"

장건이 물끄러미 고현과 눈을 마주쳤다.

"사람을 해치려고 무공을 배워서 그렇게 틈만 나면 싸우려고 안달을 하는 건가요?"

"뭐? 그딴 걸 왜 나한테 묻는 거야?"

"싸우더라도 그저 누가 센가 겨루는 거라면 해칠 필요는 없잖아요. 자기 한 몸 지키는데 그렇게 날카로운 칼을 가지고 있을 필요도 없잖아요."

"헛소리하지 마!"

"실수로라도 사람 팔다리가 잘리면 어떡해요? 그럼 그 사람은 평생 얼마나 힘들게 살겠어요."

"그런 것쯤 각오하고 살아야 하는 것이 무인이다."

"세상에 팔다리가 잘리고도 좋아하는 사람은 없어요."

"누가 좋아서 잘린다고 했느냐! 잘리기 싫으면 자신이 더 노력하면 되지!"

"남의 팔다리를 자르지 않도록 노력하면 안 되고요?"

한마디도 지지 않는 장건이다.

부모의 원수를 갚기 위해 무공을 배운 고현, 편하게 살기 위해 무공을 배운 장건이었다.

애초에 둘의 의견은 좁혀질 수가 없었다.

고현에게 장건의 말은 뜬구름 잡는 식의 탁상공론에 불과했다.

그리고 장건도 무기가 부러진 것도 아니고, 고작 날이 없어졌다고 마구 사람을 해치는 고현을 이해할 수 없었다. 날이야 다시 갈면 되는데!

고현은 날이 없지만 찬란한 예기를 뿜어내는 천룡검을 등 뒤로 거꾸로 세우고 기수식을 준비했다.

"말이 안 통하는 꼬맹이와 더 말을 섞는 것도 우습군. 요즘 네가 그렇게 잘나간다지? 한번 붙어나 보자."

"그렇게 말하면 제가 안 하겠다고 할 것 같은가 보죠?"

"그러니까 하자고!"

고현은 가뜩이나 화가 난 상태인데다 장건의 말이 극도로 거슬렸다. 이건 무슨 애들 장난도 아니고, 이상한 방향으로 자꾸만 말이 엇나가고 있질 않은가.

츠츳.

홍오하고 싸울 때와는 달리, 고현은 신중하게 공력을 끌어올리며 싸울 태세를 했다. 한 번의 패배 비슷한 경험이 그에게 약이 되었다.

최고의 무공을 지니고 있더라도 마구잡이로 써서는 안 되고, 철저히 냉정하게 사용해야 효용이 달라진다는 걸 깨달았다.

우우웅…….

천룡검이 검명을 울린다. 희뿌연 기가 실타래처럼 손잡이인 검병(劍柄)에서부터 수십 갈래나 타고 올라와 검신을 감쌌다.

천룡검이 뿜어내는 검광은 여타의 검들과 번쩍이는 정도가 달랐다. 훨씬 더 광택이 깊고 눈부시다.

마치 하늘에 떠 있는 별이 떨어져 검끝에 머문 듯했다.

"네 명성이 전 중원에 가득하니, 나도 최선을 다해야겠지."

장건은 살짝 이마를 찌푸렸다.

느껴지는 살기가 보통이 아니었다. 아니, 살기라고 하기에는 느낌이 조금 달라서 꼭 살기라고 하기에도 애매했다.

굳이 말하자면 끈적하게 농축된 위압감에 더 가까웠다.

마치 상대는 죽이려고 하지 않는데 그냥 맞으면 죽을 듯한, 그런 의미에서의 살기가 느껴지고 있었다. 저 빛나는 검에 닿기만 해도 썩둑썩둑 썰릴 것 같았다.

'뭐지?'

장건은 적잖이 놀랐다.

*　　　*　　　*

소림의 방장 굉운은 사건이 벌어진지 얼마 되지 않아 해번소에 도착했다. 그러나 그가 도착했을 때에는 이미 여기저기서 혼전이 벌어지고 있는 중이었다.

"으음."

금강문의 밖에서 수백의 제자들을 이끌고 왔지만 해번소로 진입하기에는 무리가 있어 보였다.

여기저기 난전이 벌어져 좁은 문으로 들어가기도 어렵고, 들어간다 해도 쉽게 싸움을 멈출 수 있을 것 같지도 않았다. 무엇보다 금강문으로 오르는 계단을 한 노인이 홀로 떡하니 가로막고 있었다.

검성 윤언강!

그의 존재감이 어찌나 강렬한지 나한승들도 굉운을 따라 걸음을 멈춘 채였다.

굉운이 반장하며 말을 건넸다.

"문 소협이 보이지 않는군요."

해번소에서 들리는 병장기 소리와 고함 소리를 무시한 가벼운 인사말이었다.

"자신의 길을 찾아 떠났네."

"허면 검성께서는 어찌하여 아직도 소림에 남아계시는 것입니까. 본사에 볼일이 남으셨습니까?"

윤언강이 실쭉 웃는다. 도인풍의 늘어진 흰 수염이 나풀거렸다.

"볼일이 있지. 한데 원호 대사가 거문불납이라며 도저히 길을 비켜주지 않아 갈 수가 없지 뭔가. 그래서 이렇게 멍하니 기다리고 있는 중일세."

"그렇다면 저 역시 함께 멍하니 서 있으면 되겠습니까?"

윤언강이 껄껄 웃었다.

"그것도 좋지. 하나, 갈 날도 머잖은 노인네를 데리고 멍하니 시간만 죽이면 되겠는가. 마냥 시간을 보내긴 아까우니 소일삼아 땅따먹기라도 하세나."

굉운이 얼굴에서 미소를 지우지 않고 되물었다.

"이곳도, 검성께서 서 계신 자리도 소림의 땅인데 어떻게 땅을 나눌 수 있겠습니까?"

"그러니까 심심풀이로 하는 놀이일세. 이 사람아, 놀이를 하는데 집문서 땅문서를 내밀어서야 어디 놀이라 할 수 있겠는가?"

윤언강이 금강문에서 성큼 두어 계단을 내려왔다. 굉운이 선 자리와는 십여 계단 떨어진 곳이다.

윤언강이 슬쩍 소매를 휘젓자, 굉운이 선 바로 윗계단에서 팍! 하고 먼지가 일며 바윗돌로 얹은 계단에 한 줄기 금이 그어졌다.

"거기서부터 세 계단을 오르면 놀이를 끝내는 것으로 하세."

굉운이 미묘한 미소를 지었다.

세 계단이라 할지라도 경공을 익힌 무인들에게는 걸음상으로 겨우 한 걸음도 되지 않는다.

그러나 그 한 걸음, 세 계단을 오르는 일이 쉬울 리 없다. 한 계단을 오를 때마다 검성 윤언강의 권역에 가까워지는 것이다.

"제가 검성 어르신을 잘못 본 모양이군요."

의미심장한 말에 윤언강도 웃었다.

"그렇지 않네. 자네가 날 잘못 봤을 리 없지. 언젠가는 짚고 넘어가야 할, 오래전에 터졌어야 할 종기가 이제야 터진 셈일세."

참으로 말도 되지 않는 이야기다. 아니, 하다못해 말이 된다 치더라도 검성이 대놓고 이런 행동을 한다는 것이 말이 되지 않는다.

남궁상이나 모용전 등의 일로 검왕 남궁호와 사이가 좋지 않을 텐데도, 돌연 똘똘 뭉쳐서 편을 들어 주고 있는 것이다.

'역시나. 서로 간에 티격태격하는 듯 보였어도, 공통된 목표를 위해서는 언제든 손을 잡을 수 있다는 건가? 이런 기회를 노리고 있었음은 내 진작 알고 있었지만……'

굉운은 내색하지 않으며 조용히 고개를 숙였다.

"알겠습니다. 그리하면 내기를 하시겠습니까?"

"내 이래서 방장 대사를 좋아한다네. 우리 같은 할 일 없는 노인네들이야 내기를 마다하지 않지. 그래, 어떤 내기가 좋겠는가?"

"한 계단마다 한 가지의 질답(質答)이면 어떠실는지요?"

"질답이라…… 내게 묻고 싶은 게 있는 모양이군. 나 역시 그러하니 좋은 내기일세."

"다행이군요."

"다행인지 아닌지는 내기를 시작해봐야 알 수 있겠지. 자, 올라 보시게!"

굉운이 미미하게 웃었다.

"나무아미타불. 한 걸음 한 걸음을 안심입명(安心立命)하지 않으면 오를 수 없는 어려운 내기로군요."

"이미 방장 대사는 견성성불(見性成佛)한 지 오래이니, 이고 득락(離苦得樂)하는 것도 어려운 일은 아닐 걸세."

안심입명은 마음속의 번뇌를 벗어 던지고 천명에 맡기는 것을 의미한다. 그 말에 윤언강은 방장이 벌써 반 부처나 다름없으니 괴로움에서 벗어나 즐거움을 얻는 일이 어렵지 않을 거라 대꾸한 것이다.

나한전주 굉소가 굉운에게 물었다.

"방장 사형. 대체 무슨 일입니까. 지금 해번소에서는 이미 본사의 제자들이 핍박을 당하고 있습니다. 이렇게 급한 때에 선문답이라니요."

"지금이 아니면 풀 수 없는 문제도 있는 법일세. 무력으로 길을 여는 것도 쉬운 일은 아니겠고."

"알겠습니다. 그렇다면 제가 한번 해보겠습니다."

물론 상대가 되기 어렵다는 것은 알지만, 자신이 희생하여 윤언강의 속셈과 실력을 가늠하기 위함이다.

"말리진 않겠으나, 걸린 것이 적지 않네."

굉운이 뒤로 물러나자 굉소가 고개를 끄덕이며 호흡을 가다듬었다.

단전에서부터 한껏 공력을 끌어올린 후 힘껏 합장을 했다.

"합!"

팡.

승복이 부풀어 올랐다가 손뼉이 마주치는 소리에 다시 가라앉았다.

"하!"

굉소는 일기가성으로 공력을 모아 윤언강과 정면으로 마주했다.

첫 느낌부터 아득하다.

멀지 않은 거리에 있는데도 먼 지평선에 서 있는 듯 보이고, 눈앞에는 거대한 벽이 가로막고 있다.

한 계단이 일 장 높이는 되는 듯하다.

호흡을 멈추며 배에 힘을 준 굉소가 첫발을 내딛었다.

윤언강은 여전히 웃으면서 손짓을 할 뿐이다.

"처음부터 너무 애쓰지 말게. 아직 질문도 생각하지 못했으니."

굉소는 보지 못했으나 느꼈다.

윤언강의 어깨 위로 수많은 창칼이 솟아 있어서, 그의 손짓에 따라 너울거리며 춤을 추고 있었다.

발을 떼서 올리긴 했으나 아직 계단을 딛지는 못했다. 계단을 딛는 순간 그 수많은 창칼들이 날아올 듯하다.

순식간에 입 안이 바싹 마르고 온몸에 긴장이 팽배하다. 발바닥이 계단에 가까워질수록 소름이 돋아 온몸이 까칠해진다.

이를 악문 굉소가 마침내 오른발로 계단을 밟았다. 아니, 밟으려 했다.

그 순간, 윤언강의 손이 금을 타듯 움직였다.

좌라락.

굉소는 급히 합장을 한 손을 앞으로 뻗었다. 보이지 않는 기의 공격을 막아야 한다.

보이지도 않는 공격을 호조수(虎爪手)로 움켜쥐고 장력으로 후려쳐 밀어냈다. 권까지 동원해 마구 권풍을 날렸다.

쾅 콰콰쾅!

엄청난 폭음과 함께 굉소의 몸이 슬쩍 땅에서 떠올랐다. 윤언강의 가볍게 움직이는 손가락에 굉소가 연신 반응했다.

쾅쾅!

소매와 승복 자락이 찢겨 나가고 머리가 무언가에 부딪혀 뒤로 젖혀졌다. 마치 강풍이 여러 차례 불어 굉소를 후려치는 듯했다.

그래도 굉소는 손을 놀리기를 멈추지 않았다.

쾅쾅쾅!

몇 차례를 더 얻어맞은 후, 굉소는 어쩔 수 없이 양 팔뚝으로 전면을 보호했다.

퍼퍽!

굉소의 몸이 수차례나 떨렸다.

철포삼에 호신기까지 양팔에 집중했는데도 팔뚝에서 타격음이 울리며 검붉은 피멍들이 생겨났다. 벌써 회색 승복의 소매는 팔뚝 아래에서부터 완전히 걸레짝이 되어 있었다.

그제야 윤언강이 손짓을 멈추었다. 그에게는 그것이 단 한 호흡에 이루어진 일이다.

탁.

땅에서 떠올라 있던 굉소의 발이 지면에 닿았다. 그때까지도 굉소는 계속 공중에서 얻어맞고 있었던 것이다.

"크윽."

굉소는 팔이 저려와 내리지도 못했다.

"저런! 한 계단 오르는 일이 그렇게도 어려운가? 앞으로 오라 했더니, 뒤로 갔구먼."

굉소가 발아래를 보니, 위로 오르기는커녕 한 계단을 밑으로 내려와 있다.

여지없는 패배다.

굉소는 입술을 질끈 깨물고는 윤언강을 향해 반장을 했다. 그리고는 옆으로 비켜섰다.

굉운이 굉소의 등을 손바닥으로 가볍게 쳤다.

울컥.

굉소가 계단 옆의 풀밭에 검은 피를 한 움큼 토했다.

"죄송합니다, 방장 사형."

"괜찮네."

굉소를 다독인 굉운이 위쪽에 있는 윤언강을 향해 반장했다.

"첫 내기에서 저희가 졌습니다. 하문하시지요."

윤언강이 그 즉시 물었다. 질문 내용을 생각해놓지 않았다는 것은 역시나 말장난에 불과했다.

"장건이란 아이의 사부는 누구인가?"

잠시 생각하던 굉운이 대답했다.

"굉목이라는 본사의 제자입니다."

"굉목? 홍오의 제자가?"

"그러합니다."

"믿을 수가 없군."

지난번 소림에서 윤언강은 굉목과 한 번 마주치기도 했다. 그러나 아무리 생각해도 굉목은 장건이란 재목을 키워낼 만큼 대단한 수준이 아니었다.

"거짓말을 하면 곤란하네. 내기라는 것은 진실됨이 있어야 하지. 내가 화를 냈으면 좋겠는가?"

"만일 굉목에게 장건이 제자냐고 묻는다면 필시 아니라 답할 것입니다. 하나 건이에게 네 본 사부가 누구냐 묻는다면 결국 굉목이라 답할 것입니다. 그러니 저는 이렇게밖에 답할 수 없지요."

어느 쪽이든 윤언강에게는 석연찮은 대답이었다.

"좋네. 아직 시간은 많으니 내기를 계속하지. 다음번에는 좀 더 단순하게 물어야겠어."

굉운이 반장한 채 앞으로 나서며 말했다.

"저도 그리하고는 싶으나, 아마도 이제부터 검성 어르신께서 질문할 일은 없을 깃입니다."

윤언강의 눈이 웃었다.

"그것 재미있군."

굉운이 웃음기를 지우며 곧 공력을 일으켰다.

자신이 직접 나서려는 것이었다.

그 뒤로 선 수백의 나한승들과 승려들은 긴장하며 굉운의 모습을 바라볼 수밖에 없었다.

금강문 안쪽 해번소만큼이나 금강문 바깥쪽에서의 대결도 심각하게 진행되고 있었다.

*　　*　　*

장건은 다가오는 고현을 보며 안법을 사용했다.

그리고는 잠깐 감탄했다.

고현의 위기(衛氣)는 거의 커다란 하나의 덩어리였다. 몸 전체를 감싼 완전한 덩어리다. 커다란 원형의 구체가 고현을 동그랗게 안에 넣고 있는 듯했다.

'이건 도대체 어떻게 해야 돼?'

위기라는 건 몸에 있는 혈도에 따라 순환하며 몸에 기운을 공급하는 것이다. 그런데 고현의 경우에는 아예 순환이 없는 하나의 통짜다.

이런 비슷한 모습을 본 적이 있긴 했다.

검왕 남궁호에게서다. 그의 경우에는 하나의 거대한 검처럼 위기가 감싸고 도는 형태였다.

장건은 잘 몰랐지만 임독양맥과 전신 세맥(細脈)을 완전히 타통한 경우에는 위기가 딱히 순환할 필요가 없는 것이었다.

길이 완전히 뚫려 있으니 굳이 위기가 억지로 순환하지 않고도 언제든지 몸에 기운을 공급하기 때문이다. 그것은 신체의 생리현상을 완전히 조절할 수 있는 경지에 올라서 있다는 것을 뜻하기도 했다.

장건은 난감해졌다.

이제까지의 경험으로 볼 때, 위기는 그 색과 농도가 짙고 클수록 강했다. 작아도 색이 짙으면 생각보다 깨뜨리기가 힘이 들었고, 색이 옅다 싶어도 크기가 크면 깨뜨릴 때 반발력이 컸다.

어느 쪽이든 단단해서 깨뜨리기가 어렵다는 건 마찬가지다.

'그런데 저 사람은 완전히 숯검정이잖아!'

고현도 남궁호처럼 위기의 농도가 워낙 짙어 모습이 보이지 않을 정도였다. 그만큼 고수라는 것도 알 수 있다.

'그냥 쳤다가는 내가 튕겨져 나갈 테고⋯⋯.'

공격을 받아 되돌리기에는 검끝에 달린 빛의 덩어리가 신경

쓰였다.

'일단 잠깐 지켜봐야겠다.'

장건은 애써 긴장을 풀며 자세를 잡았다.

장건의 자세라는 게 별다르지 않다. 모양은 홍오의 무량세와 마찬가지로 양팔을 늘어뜨린 채 평범하게 서 있는 자세다.

하지만 느낌이 완전히 달랐다. 홍오의 무량세는 심하게 밖으로 퍼져나가는 듯한 느낌이라면 장건의 자세는 안으로 한없이 말려드는 느낌이다.

고현도 비슷한 느낌을 받았다.

'이놈이 뭐하는 거지?'

상대의 공격에 대응하는 기본자세를 취하지 않고 가만히 서있는 것도 기분 나쁜데, 그 가만히 서 있는 것조차도 굉장히 어색하다.

정신을 잘 차리고 보지 않으면 나무토막이 하나 서 있는 것처럼 생각될 지경이었다.

"할 테면 해보라는 것도 아니고! 네가 다쳐도 내 알 바 아니다!"

고현이 노호성을 지르며 검을 내질렀다.

번쩍! 하고 검에 매달린 별이 섬광을 내뿜었다. 그리고 예의 습관처럼 고현이 외쳤다.

"포검망월(抱劍望月)!"

검결지를 쥔 왼손은 검과 반대 방향으로 쭉 뻗은 채 외다리로 섰다가 아래에서부터 검을 크게 추어올린다. 앞발을 굽히고 뒷발을 뻗은 부보의 자세에서 검이 반원을 그린다.

그때에 고현이 완전히 집중하고 있었다면 장건은 하마터면 크게 당했을지도 몰랐다. 그러나 고현은 공격하는 도중에 '아차! 나도 모르게 또 초식명을 외치고 말았구나!' 하고 정신을 흐트렸다.

그 찰나의 틈이 장건을 살렸다.

원래 장건은 습관처럼 최소한의 거리를 두고 검을 피하려 했다. 그러나 검은 장건의 상상 이상으로 빠르게 가랑이 사이를 파고들었다.

장건이 급하게 뒤로 몸을 더 뺐는데 닿지도 않은 바짓단이 순식간에 타버렸다.

검과 바짓단의 거리는 한 뼘도 더 넘게 벌어져 있었음에도 그러했다.

"헙!"

장건은 발가락에 크게 힘을 주고 모았다가 튕겼다. 그 반동으로 겨우 포검망월의 사정권에서 벗어났다.

지지직.

세 걸음 정도를 단숨에 물러섰는데도 머리카락 끝이 불에 탄 듯 그슬려 구수한 냄새를 풍겼다.

"와아……."

장건은 눈을 크게 떴다.

검끝에 달린 별이 장식으로 매달린 게 아닌 모양이다. 뜨겁지도 않은데 근처에 있는 것들을 태워버린다. 아니, 소멸시킨다는 말이 더 어울릴 듯했다.

'중간에 아주 잠깐 별이 빛을 잃지 않았더라면……'

소름이 다 끼쳤다.

'저걸 어떻게 잡아서 되돌리지?'

손으로 잡았다가는 손이 홀랑 타버릴 터였다.

만약 고현이 강호에서의 경험이 풍부했다면 이때를 놓치지 않고 장건을 몰아 붙였을 것이다. 하지만 고현은 자신이 실수한 생각은 미처 못 하고 장건의 신법이 놀랍다는 생각만 하고 있었다.

'공력을 십성 발휘해 검강(劍罡)을 사용했는데도 옷깃만 겨우 스치다니. 보기와는 다른 녀석이구나. 강호의 명성이 허명이 아니군.'

고현은 더 신중해졌다.

천천히 보법을 밟으며 몸을 가속시켰다. 그런데 좌우로 움직이는 데도 보이는 건 장건의 전면뿐이다.

'뭐, 뭐야!'

장건은 발끝과 발바닥의 미묘한 조절로 딱히 크게 몸을 움직이지 않으면서 고현의 정면을 향하고 있었다. 공격이 너무 빨라 한시라도 시야에서 놓치면 안 될 것 같아 그리하는 것이다.

왠지 답답해진 고현은 검을 수평으로 들어 오른쪽 귓가 옆으로 가져다 댔다.

"오냐. 정면으로 승부를 내겠다면 받아주마."

"전 그런 말 안 했는데요?"

"말은 안 해도 그런 식으로 나오고 있잖아!"

말을 하다 보니 공력이 흐트러져 고현은 입을 다물었다.

일격으로 끝내버릴 생각이다. 한껏 공력을 품은 고현의 발밑에서 회오리가 피어올랐다.

"붕검탄비요격(崩劍彈飛邀擊) 쇄(碎)!"

고현은 힘껏 앞으로 상체를 내밀어 달리며 수차례 검을 휘둘렀다. 검이 한 번 그어질 때마다 앞쪽으로 하나의 사선이 그어진다. 그 길이가 수 척에 달했다.

사선은 부챗살처럼 고현의 전면으로 퍼져 나갔다.

꽈꽈꽝!

사선이 서로 엇갈리며 지면을 부수고 장건을 향해 쇄도했다. 사선은 그물처럼 좌우에서 장건을 몰아쳐 피하지 못하게 만들고, 그 사선들의 사이로 고현이 파도를 헤치고 나아가듯 검을 찌르며 날아든다.

"붕검탄비요격 충(衝)!"

꽈꽈꽈꽈—

빛살처럼 쏘아지는 고현의 앞뒤로 무지막지한 흙더미들의 해일이 일었다. 순식간에 뿌옇게 된 시야 사이로 빛나는 검만이 보였다.

"으윽……!"

장건은 무심코 신음을 내뱉었다.

단언컨대, 장건은 이렇게 화려하고 거창한 무공은 처음 보았다. 사치스러운 무공이라는 게 있다면 단연 최고로 꼽을 수 있었다.

멋지다는 생각보다 손발이 오그라들어 미칠 지경이었다. 무량세를 처음 보았을 때 끙끙대며 움직이지 못한 것과 마찬가지의 증세가 나타났다.

'주, 죽겠다!'

검에 찔려 죽는 것보다 몸이 꼬여서 먼저 죽을 것 같았다.

이런저런 고려를 할 때가 아니었다. 어떻게든 움직여야 하는데 몸이 움직이지 않았다.

'아깝다고 생각하지 말고 진작 먼저 공격할걸!'

위기를 부수기 힘들 것 같아 지켜보려했다가 더 큰 위험에 처하고 말았다. 아끼는 것도 중요하지만 죽으면 만사가 소용없는 일이다.

이런 상황에서 장건이 할 수 있는 방법은 한 가지였다.

남궁호가 펼친 제왕검형의 권역에 갇혔을 때 사용한 방법.

바로 그 방법을 사용했다.

장건은 몸에서 모든 공력을 풀어 흩어버렸다. 눈 깜짝할 사이에 전신에서 내공이 몸 밖으로 빠져나갔다.

그리고 장건의 존재감이 사라졌다.

일격으로 장건을 끝내려던 고현은 기겁했다. 장건의 모습이 흐릿하니 사라진 것이다.

"헉! 잔상인가!"

장건은 있는 듯 없는 듯 그 자리에 가만히 서 있었지만, 고현은 장건이 하도 빨리 움직여 흐릿하게 잔상이 남은 줄 알았다.

'어떻게 붕검탄비요격의 사정권을 벗어났지?'

불현듯 그의 머리에 홍오에게 당했던 수법이 떠올랐다. 둘 다 소림의 제자인데 당연히 같은 수를 쓸 수도 있을 터!

"이형환위? 내가 똑같은 수법에 당할 것 같으냐!"

거의 극한까지 공력을 사용하고 있었기에 급격히 멈추면 그만큼 큰 충격이 온다.

하지만 뒤를 잡혀 한 번에 패배하는 것보다는 나았다.

고현은 몸을 뒤집으며 진각을 밟았다. 한 번으로 멈추지 못해 다시 진각을 밟고 검까지 땅에 박아 넣었다.

도중에 초식을 중단했기에 팍 하고 단숨에 기혈이 들끓었다. 막대한 내공을 지닌 만큼 여파도 컸다. 고현은 목까지 치밀어 오르는 핏물을 삼키며 뒤쪽으로 몸을 돌렸다.

단전이 찢어지는 듯 아팠지만 다시 있는 힘껏 내공을 끌어올렸다.

"천공부퇴번신!"

몸을 회전시키며 쇄도하던 반대 방향으로 검을 날렸다. 천공부퇴번신은 공격 초식이며 동시에 상대의 공격을 차단하는 방어 초식이기도 하다.

뒤쪽에서 장건이 공격했다면 분명히 천공부퇴번신에 걸려들 수밖에 없었다.

그러나 그곳에는 아무도 없었다.

파파팍!

허공을 젓는 휑한 바람소리만 날 뿐이었다.

"당했…… 우웩!"

고현은 참지 못하고 피를 토했다.

반쯤 억지로 초식을 연결하는 바람에 기혈이 마구 뒤틀리고 헝클어졌다.

단전이 끓는 솥처럼 마구 요동을 치고 있었다.

안타깝게도 고현은 동굴에 남겨진 영약들의 도움을 받아 막대한 내공을 얻고 무공의 성취를 이루었다. 깨달음을 기반으로 한 성취가 아니었기에 장건처럼 기를 자유로이 부리는 심생종기의 영역에는 도달하지 못했다. 애초에 길이 달랐다고나 할까?

더구나 홀로 수련을 할 때에는 이런 상황을 마주할 일이 없었다. 한 번 초식을 사용하면 끝까지 마치고 다음 초식으로 연결하는 반복 훈련만을 했을 뿐이다.

그렇다 보니 대처 능력이 떨어졌다. 하다못해 그간 대련해 줄 사람이 한 명이라도 있었다면 고현도 이 정도로 허무하게 내상을 입지는 않았을 터였다.

"쿨럭…… 쿨럭!"

연화사태와 양지득의 대결이 새삼 떠오른다. 둘은 강호에서 손꼽는 고수임에도 강력하고 동작이 큰 무공이 아니라 작은 초식들로 겨루었다.

"이유가…… 쿨럭! 있었…… 쿨럭."

고현은 연신 피를 토해냈다.

아까부터 제자리에 있던 장건이 보기에도 불쌍하게 여겨질 정도다. 장건은 그냥 압박감에서 벗어나기 위해 존재감을 옅게 만들었을 뿐이었다.

"쩝."

큰 위기를 맞고도 '그냥' 벗어나게 된 장건은 고현을 안쓰러운 눈길로 보았다.

그러나 불쌍한 건 불쌍한 거고, 그냥 내버려 둘 수는 없는 노릇이다.

내상을 크게 입은 고현의 위기는 눈에 띄게 축소되어 있었다. 혈맥을 다치는 바람에 위기는 반 이상으로 줄어 천천히 순환하기 시작한다.

스스로 기를 조절하는 능력이 떨어졌다는 뜻이다.

장건은 고현에게 다가갔다.

"으아아!"

고현은 억지로 기를 끌어 올려 장건에게 장을 뻗었다. 팔을 비스듬히 옆으로 틀어 장건의 가슴을 쳐 올린다.

그러나 그것은 오히려 장건에게 도움이 될 뿐이었다.

장건은 유원반배의 수법으로 고현의 장을 고스란히 왼손으로 받았다. 고현은 자신의 장력이 장건의 손바닥으로 쑥 빨려 들어가는 느낌을 받았다.

그리고……

와지지직!

몸 전체에 금이 가는 듯한 생소한 감각이 찾아왔다.

"어? 그래도 너무 커서 한 번에 안 되네."

장건의 중얼거림을 들은 고현은 아득해져가는 정신 속에서도 외쳤다.

'그게 무슨 소리냐!'

아쉽게도 말은 밖으로 나오지 않고 고현의 입 안에서만 맴돌았다.

이어 몸 전체가, 아니, 몸을 둘러싸고 있던 무언가가 한 번에 깨져나가는 듯한 엄청난 충격과 함께 고현은 정신을 잃었다.

쩡!

고현은 그렇게 허무하게 널브러진 채 바닥에 눕고 말았다. 장건도 서너 걸음이나 뒤로 튕겨졌다.

탱그랑.

천룡검이 고현의 손아귀에서 달아나 바닥을 굴렀다.

이번에도 이름을 날릴 기회는 없었다.

나름대로 홍오와 호각으로 겨루고 장건을 패배 직전까지 몰

아넣은 그였지만, 여전히 사람들은 그가 누구인지 아무도 알
지 못하고 있었다.

제 9 장

두려운 무공

　무당의 환야 허량은 아직까지도 직접적으로 싸움에 관여하고 있지 않았다.

　뒤늦게 허량을 쫓아온 청우와 청인이 불안한 얼굴로 물었다.

　"사조님께서는 이대로 방관하고 계실 작정이십니까?"

　"그럼? 애들하고 섞여서 치고받고 싸울까?"

　"그게 아니라……."

　청인이 말했다.

　"사실상 말리기에는 늦었으나, 지금이라도 손을 써야 하지 않는가 해서 드리는 말씀입니다."

　"내가 싸움을 붙였는데 왜 다시 말려? 너희들 미쳤냐?"

청인이 조심스레 다시 말했다.

"비록 소림이 예전 같지 않다 해도 아직은 구대문파의 중추가 아닙니까. 만약 여기서 소림이 무너진다면 앞으로의 판도가 크게 바뀌고 혼란이 찾아올 지도 모릅니다."

허량이 피식 웃었다.

"좀 바뀌면 어때? 어차피 할 일도 없는데, 계속 치고받고 싸우다가 이기는 놈이 대장 하라고 해. 당장에 검성 놈만 해도 그렇잖아. 봐라, 시키는 사람도 없는데 제가 알아서 떡하니 방장을 잡아두고 있잖아? 예전부터 그렇게 소림을 제치고 대장이 하고 싶다고 난리를 치더니."

"그래도…… 너무 변화가 급작스러우면 그 영향이 무당에도 미칠 수 있습니다."

"너희들은 그렇게 자신이 없어?"

청인이 대답했다.

"저희야 어차피 도인들입니다. 현세에 풍파가 몰아치는 것보다야 온건한 편이 낫지요."

"난 싫다."

허량이 혼전이 벌어지는 해번소 내를 보며 말했다.

"고인 구정물이 썩는 것도 싫고, 껍질만 남았어도 호랑이라고 외치는 것들도 싫다. 내가 일 갑자를 무당산에 갇혀 있으면서 든 생각이 뭔지 아냐?"

"모르겠습니다."

"변화가 필요하다는 거야. 변화가 없으면 나태해져서 아무 것도 이룰 수 없게 돼."

허량이 진지한 얼굴로 말하니 청우와 청인도 섣불리 말대꾸를 하지 못했다.

"소림이 스스로를 지킬 힘이 없다면 치고 올라오는 녀석들에게 자리를 빼앗길 게다. 우리 무당도 마찬가지고. 언제까지고 산속에 처박혀서 도도한 도사 노릇 하기도 쉽지 않아. 변화를 받아들이지 못하면 언제 소림 꼴이 난다 해도 이상한 일이 아니겠지."

아무래도 세속적인 일에 관여가 적은 무당이다 보니 청우와 청인은 쉽게 허량의 말을 인정하기가 어려웠다.

"사조님께서 그리 말씀하신다면 그런 것이겠지요."

청인의 말에 허량이 인상을 썼다.

"이놈아! 내가 그래서가 아니라 정말로 그렇게 된다니까?"

그런데 그때, 청명하고 맑은 소리 하나가 해번소에 울려 퍼졌다.

쩡!

그 소리는 다른 병장기들이 마구 부딪히는 와중에도 유독 똑똑하게 울리었다.

"뭐지?"

청우가 두리번거렸다.

유리잔이 깨지는 소리 치고는 너무 크고, 검날이 깨지는 소리 치고는 너무 깊고 웅장했다. 그가 아는 한 무얼 깨뜨려도 이런 큰 소리는 낼 수 없었다.

허량이 혀를 차며 청우와 청인을 타박했다.

"아차차! 드디어 시작됐구나. 너희들 때문에 중요한 순간을 놓쳤잖으냐."

"시작이요?"

"에잉! 그 젊은 놈은 무식하게 내공만 셌지, 실력은 영 별로구나. 무식하게 큰 초식만 날리면 다야? 필요할 때 필요한 걸 써야지. 그런데 대체 어디서 튀어나온 놈이야? 이상한 놈은 건이 하나면 족한데."

"네?"

"검초를 보면 유서가 없는 문파는 아닌 것 같고, 제대로 운용도 못하고 무식하게 덤비는 걸 보면 또 족보도 없이 배운 것 같기도 하고. 거참."

허량은 청우의 물음을 무시하고 투덜거렸다.

청우와 청인은 무슨 말인지 몰라 서로를 마주보았다.

청우나 청인과는 달리, 해번소에 있는 무인들 중 유리가 깨지는 듯한 이 독특한 소리의 정체를 모르는 이는 별로 없었다.

소림의 정문에서 백여 번을 들었던 소리다.

뭇 무인들의 얼굴에 스리슬쩍 불안한 표정이 감돌기 시작한다.

여기저기서 줄기차게 들리던 병장기 부딪히는 소리가 현저히 줄어들었다.

손을 멈춘 무인들 대부분이 같은 생각을 하고 있었다.

장건이 발동을 걸었다!

홍오나 소림승들에게 당해서 쓰러지는 건 괜찮았다. 실력 차이가 나니 패배할 수도 있는 것이고, 그 와중에 어디 한군데 부러지거나 다칠 수도 있다.

무인으로 살아온 이상 패배에 따른 대가는 당연히 치러야 할 결과이기도 하다.

그러나 장건과 상대하는 것은 다르다.

정말로 어지간한 고수가 아닌 이상에야 뭘 한 번 제대로 해 보기도 어렵다. 철비각 종유도 내로라하는 고수였지만 길가에 지나가던 개새끼처럼 처맞고 나자빠졌다.

무인 대 무인으로 싸워서 정상적으로 패배하는 게 아니라, 단순히 '맞고 쓰러지는 역할' 중의 한 명이 되어 버리는 것이다. 단방향의 일방적인 역할이다.

제대로 된 무인 취급도 받지 못하고, 자신의 존재감을 피력할 시간도 주어지지 않는다. 맞고 쓰러지면 그것으로 끝이다.

좋게나 쓰러지면 다행인데 그것도 아니다.

침을 질질 흘리면서 볼썽사나운 꼴은 다 보이며 널브러져 버린다. 맞고 피를 토하는 것보다 더 치욕적이고 굴욕적인 모습을 보여야 한다.

거기서 끝나는 것도 아니었다.

시작하면 다 쓰러질 때까지 멈추지도 않는다. 얼굴을 다 기억해놓고 따라가서 때린다.

자존심까지 내던지고 기절한 척한 이도 있었으나 소용없었다. 장건은 그마저도 모두 찾아냈다. 어른이 잘못한 아이를 쫓아가 꾸중하듯 하는, 그런 대접을 받아야만 하는 것이다.

장건의 무공이 상대에게 크게 부상을 입히지 않는다고 좋아할 게 아니었다.

장건에게 맞는다는 것은, 어떻게 보면 자존심과 명예를 중시하는 무인들에게는 가장 끔찍한 대가를 치러야 하는 일이었다.

꿀꺽.

누군가가 마른침을 삼키자 전염된 것처럼 몇몇 무인들이 똑같은 행동을 했다.

멋모르는 세가의 철부지들이 자신들끼리 맞고 헤벌레 늘어진 것과 지금은 다르다.

이곳 무인들 대부분이 한 문파의 존장들이거나 강호에서는 명사에 속하는 이들이다. 심지어 원수지간인 이들도 있다.

그런데 그런 이들 틈에서 어찌 꼴사납게 바닥을 구르며 코를 골고 침을 흘리는 꼴을 보일 수 있단 말인가!

엄연히 서로 간에 자존심이 상한 게 화근이 되어 붙은 싸움인데, 그 자존심이 땅바닥에 널브러지게 생겼으니 어찌 희희낙락할 수 있을까!

"큰일이군……."

무인들 중 한 명이 나직이 읊조렸다.

다른 이들의 생각도 마찬가지였다. 왜 미처 장건에 대해, 장건의 무공에 대해 생각하지 못했는지 자괴감이 들었다.

장건의 백보신권은 무섭다기보다는 두려운 무공이었다. 어쩌면 그것은 현존하는 사상 최악의 무공일지도 몰랐다.

이같은 분위기를 감지한 허량의 눈살이 절로 찌푸려진다.

"이런, 쯧쯧쯧! 설마설마 했는데 한 방에 장내를 정리하는구만."

일이 생각과 다르게 돌아가고 있는 게 영 마음에 들지 않는다.

"아무래도 안 되겠는데……."

검왕 남궁호는 홍오와 대치중이고 풍진은 꼽사리라도 끼려는 양 둘을 지켜보고 있다.

이러다가는 자기가 나서서 장건을 잡아야 할 판이다.

"내 체면이 있지, 에잉!"

허량이 청우와 청인에게 눈짓했다.

"예?"

"너희들이 나서야겠다."

"저희가요?"

청우와 청인이 떨떠름해 하자, 허량이 소리를 빽 질렀다.

"싸우고 싶다며! 싸워보고 싶다며!"

청우가 찝찝한 얼굴로 대꾸했다.

"언제는 싸우지 말라고 하셨잖습니까."

"상황이 이렇잖아!"

청우가 갑자기 도호를 외며 청인에게 말했다.

"사제에게 좋은 기회가 생긴 것 같네."

허량은 청우와 청인의 엉덩이를 발로 차며 소리쳤다.

"둘 다 가라고!"

*   *   *

고현은 인사불성이 되어 쓰러져 있었다.

장건이 보아하니 스스로 내상을 입은 것 말고는 딱히 다친 데는 없어 보였다.

장건은 해번소 내를 둘러보았다.

소림승들과 싸우던 사람들이 머뭇거리며 장건 쪽을 쳐다본다. 힐끔거리는 눈빛을 보니 전의를 많이 상실한 듯 보인다.

왜인지 몰라도 자신을 두려워하는 것 같았다.

잘하면 대충 정리가 될 수 있을 듯도 싶었다. 물론 예전에 부친인 장도윤이 당했을 때처럼 사람 하나하나를 다 찾아가 때릴 생각 따위는 눈곱만큼도 없었다.

'그럼……'

이제 가장 크게 남은 문제는 홍오다.

홍오는 한참이나 남궁호를 가만히 노려보고 있는 듯했다. 하지만 장건은 둘 간에 오가는 팽팽한 접전을 볼 수 있었다.

남들이 보지 못하는 기의 대결이다.

'어쩌지?'

홍오를 돕고 싶어도 섣불리 끼어들 수 없는 상황이었다.

첫째는 검왕 남궁호를 이미 상대해 본 결과 강하다는 걸 안 까닭이고, 두 번째는 홍오의 무량세 때문이었다.

꼭 필요한 경락에만 기를 돌리는 장건과 달리 홍오는 모든 무공을 사용할 수 있도록 미리 기를 운용해 둔다. 지금 남궁호와 대립하고 있는 홍오는 지난번 보여준 것과는 비교도 할 수 없이 극한의 무량세를 보이고 있었다.

돕기는커녕 가까이만 가도 몸이 움츠러들 판이라 장건도 쉽게 낄 수가 없는 것이다.

'난감한걸.'

싸움을 끝내려면 홍오를 돕든가 불목하니 노인 문원의 말처럼 우내십존을 막는 수밖에는 없었다.

'풍진 할아버지와 또 싸워야 하나?'

그렇게 고민하고 있는 장건을 향해 어느덧 무당파의 두 도인이 뻘쭘한 얼굴로 다가서고 있었다.

*　　　*　　　*

"쓸모없이 양식만 축내는 줄 알았더니, 그동안 제법 실력을 숨겨놓고 있긴 했구나!"

남궁호의 말에 홍오가 비웃음을 던졌다.

"네가 지금 입방정을 떨 만큼 여유가 있더냐?"

"흠. 여유가 아니라 실망하고 있다 해야겠지. 예전의 너는 지금보다도 훨씬 더 강했으니까."

홍오의 눈에서 혈기가 짙어졌다.

"큭큭큭. 제왕검형을 믿고 그러는 모양인데, 그러면 오산이야. 내가 이러고 서 있으면 네놈은 내게 한 발짝도 가까이 오지 못할 텐데?"

"뭣이?"

남궁호가 눈에 불을 켰다.

그러나 틀린 말은 아니다. 구부정하게 편안한 듯 서 있는 홍오의 자세에서는 어떤 빈틈도 보이지 않았다.

조금만 다가서도 뭔가가 날아올 거라는 건 확실했다.

'놈!'

영리하게도 홍오는 제왕검형의 범위 바로 밖에 서 있다. 제왕검형의 권역 안이라면 남궁호도 뜻대로 할 수 있지만, 그 밖에서는 홍오가 어떤 짓을 할지 모른다.

예전의 홍오는 실력도 최고였지만 그만큼이나 사람을 정신없게 홀리는 재주가 있었다. 홍오의 무위가 자신보다 아래인 것처럼 느껴지긴 하나, 홍오가 어떻게 나올지 알 수 없으니 섣불리 승패를 단언할 수가 없다.

"낄낄. 마냥 이대로 있어 볼까? 누구의 내공이 먼저 다하는지. 한 삼일 밤낮은 걸리겠지만 네 녀석이 먼저 쓰러질걸?"

남궁호는 홍오가 확실히 예전으로 돌아왔음을 깨달았다. 제왕검형의 유지에 상당한 내공이 필요하다는 걸 알고 있는 것이다.

그가 기억하는 홍오는 타인의 무공을 파악하고 파훼하는 술수에 아주 도통해 있었다. 그래서 사기도 잘 치고 협잡에도 능했다.

그 생각을 하니 남궁호는 지나간 과거의 원한이 고개를 쳐드는 것을 깨달았다.

"네놈 때문에 내가 얼마나 고생을 했는데……."

"집문서와 땅문서를 갖다 바친 건 내가 아니라 너였지."

"이, 이놈!"

마음이 흔들리니 빈틈이 생긴다. 그만한 고수에게는 바늘귀만큼의 틈조차 치명적일 수 있다.

홍오는 제왕검형이 흔들린다 싶은 순간 손을 뻗었다.

한 줄기 빛살이 제왕검형을 뚫고 남궁호의 미간으로 날아들었다.

남궁호가 급히 상념을 날려버리고 눈을 부릅떴다.

카카!

쇳조각 하나가 남궁호의 눈앞까지 와 멈추었다. 조금만 더 방심했으면 미간에 점이 생길 뻔했다.

홍오가 계속 조소를 날린다.

"어쩔 거야? 계속 이러고 있을 거면 그냥 꼬리 말고 꺼지든가?"

도발을 한 건 남궁호였고, 홍오는 그것을 받아주었다. 그러니 이대로 대치가 계속되면 입장이 불리해지는 건 남궁호다.

"갈!"

참자 못한 남궁호가 한 걸음을 내디뎠다.

제왕검형의 경계에 서 있던 홍오가 자연히 제왕검형의 안으로 들어오게 되었다. 그러나 그것은 그만큼 홍오의 간격에도 남궁호가 가까워졌다는 것을 의미했다.

조금 전에도 홍오가 던진 암기는 겨우 일 촌여를 남기고 남궁호의 미간에서 멈춰 섰다.

그 거리가 한 걸음만큼이나 가까워진 것이다!

홍오는 제왕검형의 안에 들어서는 미묘한 간극의 틈에서 이미 손을 뻗고 있었다. 남궁호가 제왕검형 안에 든 암기를 완벽하게 제어할 수 있는 시간을 주지 않으며 암기가 날아든다. 가히 엄청난 빠르기다.

남궁호가 검결지를 쥐었다. 검지와 중지에서 길게 기가 뻗어 나와 검의 형상을 그려냈다.

남궁호가 기검을 들어 날아드는 물건을 쳐냈다.

퍽!

이번엔 쇳조각이 아니라 단순히 흙을 뭉쳐 만든 흙덩이였다. 흙덩이는 남궁호의 기검에 부딪치며 산산이 흩어졌다. 날아오던 속도에 의해 흙 알갱이들이 퍼지며 남궁호의 안면으로 쏟아진다.

"잔재주를!"

남궁호는 눈을 감아버렸다. 강호에서는 싸울 때 눈에 흙이 들어가도 감지 않는 것을 철칙으로 한다. 하지만 그에게는 권역 안에 든 모든 것을 감지하는 제왕검형이 있었다.

화살보다도 빠르게 날아드는 무언가가 잔뜩 느껴진다. 무시무시한 기세라 남궁호도 가벼이 여길 수가 없었다. 남궁호는 신중하게 기의 검을 휘둘렀다.

퍼벅, 팍!

연속해서 십여 개의 암기를 쳐낸 남궁호가 돌연 눈을 떴다. 상상도 못할 것이 날아들어서였다.

"으아아!"

누구인지도 모르는 커다란 덩치의 무인이 통째로 던져지고 있었다. 검은 도포를 입은 무인의 등짝이 남궁호를 향하며 날아들고 있다.

정도를 걷는 무인이라면 사람을 암기처럼 사용한다는 건 상상도 못할 일이지만, 홍오에게는 충분히 가능한 일이다.

남궁호는 빠르게 상황을 파악했다.

'옷이 잔뜩 부풀어 있으니 적잖은 기가 사람의 몸에 실려 있는 것이군. 그렇다면 홍오는?'

중년 무인의 커다란 덩치가 시야를 가리고 있긴 하지만 홍오의 모습은 보이지 않는다. 연이어 암기를 막은 탓에 제왕검형이 자못 흐트러져 기감도 떨어졌다.

'어쩌면⋯⋯.'

중년 무인의 뒤에 숨어 날아오고 있는지도 모른다. 아무리 남궁호라고 해도 멀쩡한 사람을 반으로 갈라버릴 수는 없으니 장으로 쳐내든가 금나수로 잡아채야 할 테고, 그때에 홍오가 튀어나올지도 모르는 노릇이었다.

"잔머리를 굴리는 건 여전하구나!"

남궁호가 대갈하며 양손을 뻗었다. 중년 무인을 비껴낼 생각이 아니었다. 날려진 사람에게 담긴 공력은 그대로 받으면서 격공장(擊空掌)으로 그 뒤편을 후려칠 생각이었다.

"네놈의 속셈은⋯⋯!"

남궁호는 말을 미처 끝맺지 못했다. 그의 입가에 혈흔이 비쳤다.

날아들던 무인이 몸을 돌려 그대로 남궁호를 가격한 것이다.

"크흑! 어떻게 제왕검형의 안에서 공력을⋯⋯."

남궁호의 가슴팍 장포에 선명한 두 개의 손바닥 자국이 남아 있었다.

"하하하하! 네 녀석은 예전부터 제왕검형을 너무 믿고 있는 게 문제였지! 왜 눈을 감느냐 이거야, 눈을 감길!"

주춤거리고 물러나는 남궁호를 향해 검은 도포의 무인, 홍오가 거푸 발차기를 날렸다.

"제왕검형이 무적인 줄 알았지? 그 안에 있으면 안전할 거 같았지?"

부인각(斧忍脚)으로 남궁호의 얼굴을 치고 몸을 돌리며 선풍퇴로 턱을 걷어차는데, 공중에서라고는 믿겨지지 않는 동작이었다.

"그깟 제왕검형이야 권역 밖에서 암기 몇 개 날리면 감각이 둔해지고, 그때 제마보로 운신하면 제왕검형의 압박도 해소된다네! 이렇게 간단한 걸 너만 모르는 거야!"

남궁호는 검결지를 쥘 틈도 없이 홍오의 발차기를 손바닥과 팔뚝으로 막아냈다. 홍오의 엄청난 공력에 막을 때마다 입에서 피가 튀었다.

"그리고 네놈에게 한 방 먹이는 건 남의 도포 하나만 빌려 입으면 충분해! 남의 목소리로 비명 한 번 대충 질러주면 완벽하고!"

홍오가 날린 담퇴(潭腿)를 남궁호는 혼신의 힘을 다해 잡아냈다. 어쩐지 너무 쉽게 발을 잡았다 싶어 남궁호는 홍오를 급히 땅에 꽂아버리려 했다.

하지만 그보다 먼저 홍오의 손이 남궁호의 머리를 움켜쥐었다.

"실수했군."

남궁호의 탄식이 흘러나온다. 한 번 당한 후에 마음이 급해지다 보니 자신답지 않게 미끼를 물었다. 담퇴는 홍오가 던져준 미끼였던 것이다.

자신의 실력을 믿어야 했다. 결국은 홍오에게 말려든 꼴이 아닌가.

홍오는 남궁호의 어깨에 걸터앉아 한 손을 치켜들었다.

"네 녀석은 검 실력도 나쁘지 않으면서 꼭 제왕검형으로 안전하게만 하려고 들어. 내 경고했지? 그러다가는 언젠가 크게 한 번 당할 거라고."

남궁호가 이죽거렸다.

"일 갑자도 전에 한 말을?"

"일 갑자도 전에 한 일을 아직도 기억하고 이를 간 놈이 누군데?"

홍오의 눈에서 혈색이 짙어졌다.

"잘 가라, 망할 놈아. 내세에서는 절대 다시 보지 말자꾸나."

홍오의 손날에 뿌연 기가 어렸다. 그대로 천령개를 내려치면 우내십존 중 한 명인 검왕은 영원히 세상에서 사라지는 것이다.

그러나 이제껏 지켜보고 있던 풍진이 그런 행동을 용납할리 없었다.

"귀찮게!"

홍오는 발로 남궁호의 머리를 거세게 밟으면서 도약했다.

그와아앙-!

그의 발 아래로 엄청난 파동의 검기가 스쳐 지나갔다. 남궁호의 머리카락이 일부 잘려 흩날렸다.

개구리처럼 폴짝 뛰어내린 홍오가 이를 갈았다.

"이놈들이 툭하면 방해하는 데 이골이 났구나!"

남궁호가 흐트러진 머리카락을 정리하며 침음했다.

"신세를 졌군."

"홍오에게 한 번 말려버리면 실력이야 나중 문제가 되니 어쩔 수 없는 일이지."

풍진이 비어있는 오른쪽 소매를 펄럭이며 왼손으로 뒷짐을 졌다.

"홍오야?"

"친한 척 부르지 마라. 그러면 황천길 보낼 때 가슴이 아프잖냐."

풍진은 여전히 태연자약하게 물었다.

"너, 나보다 세냐?"

어린애들이나 쓸 법한 말투였다. 그런데 그 말을 들은 홍오의 얼굴이 딱딱하게 굳는다.

아주 오래전, 기생들과 한창 어울려 노는 데 나타난 풍진을 보고 홍오가 던진 말이었다.

"따라하지 마라. 죽는다."

"오호라, 기억은 하는가 보군? 지난번에는 기억도 못하는가 싶더니."

"천운이 따라주었지. 아주 쓸데없는 것들만 기억하게 되더군? 기분만 더럽게시리."

"어이쿠…… 남들은 주화입마 걸리면 죽는다던데, 네놈은 혈기를 줄기줄기 뻗으면서도 살아나셨어?"

홍오의 눈에서 또다시 혈기가 짙어진다. 이제 홍오의 눈에서 동공은 혈색에 묻혀 거의 보이지도 않는다.

"이번엔 팔이 아니라 목을 잘라줄 테니 덤빌 거면 빨리 덤벼보려무나."

"끌끌. 미안하지만 이 팔은 네가 아니라 내 스스로 자른 거다."

"그렇든 아니든."

홍오가 남궁호를 보고 조소했다.

"싸움에 진 개는 빨리 꺼지려무나. 어르신들의 행사에 방해된다."

남궁호는 붉어진 얼굴로 코웃음을 쳤다. 다시 붙는다면 지지 않을 자신이 있었으나 어쨌거나 패한 것은 사실이었다.

남궁호가 거리에서 벗어났다. 이미 그들의 주위에는 다른 무인들이 얼씬도 하지 않았기에, 공간은 넉넉했다.

풍진이 왼손을 들었다.

그의 손에는 어느새 평범한 청강검 한 자루가 들려 있었다.

풍진은 자세를 낮추면서 천천히 검을 오른쪽 허벅지 아래로 내린다. 오른팔이 없어 왼손으로 검을 휘둘러야 하기 때문이다.

"일검즉살(一劍卽殺)이니, 이번만큼은 잔머리를 굴리기 어려울 거다."

"그건 네 착각이지 싶다만."

홍오가 손바닥을 펴 옆으로 뻗었다. 거의 오 장도 넘는 거리에서 구경하고 있던 무인이 당황한 외침을 냈다.

"어엇!"

그의 손에 들려 있던 박도가 홍오의 손으로 빨려들듯 날아
가 버린 것이다. 그렇다고 항의도 할 수 없는 노릇이어서 무인
은 꿀 먹은 벙어리를 자처할 수밖에 없었다.

박도를 손에 넣은 홍오는 풍진과 같은 손으로 도를 잡았다.
그러나 자세가 반대다.

오른손은 등 뒤로 하고 왼손으로 도를 잡아 도극을 왼편 아
래로 향했다. 풍진은 어깨와 등이 홍오를 향해 있는데, 홍오는
정면을 완전히 드러낸 자세다.

가죽만 남은 풍진의 얼굴 근육이 씰룩였다.

그가 웃는다.

"클클클. 이놈 하는 꼬라지 좀 봐라? 이이······."

짧은 웃음이 멈춘 순간, 풍진의 얼굴에 남은 것은 시퍼런 독
기와 분노······ 그리고 살기뿐이었다.

"호······ 로······ 새······ 끼!"

풍진은 홍오의 의도를 알아챘다.

같은 손으로 함께 치면 서로 반대방향에서 치는 꼴이 된다. 그
렇게 칼질을 한다면 먼저 치는 쪽이 훨씬 유리하다. 칼에 맞는 순
간 자세가 흐트러져 늦은 쪽의 공격이 빗나갈 확률이 크다.

하지만 같은 쪽으로 칼질을 한다면 아주 큰 차이가 나지 않
는 한, 어느 한쪽이 좀 더 빠르다고 해도 함께 맞게 된다.

그러나 그런 의도라면 홍오는 오른손으로 도를 잡아도 충분
했다. 구태여 어정쩡한 자세를 하면서까지 도를 왼손으로 잡

은 것은 외팔이인 풍진을 도발하기 위함인 것으로밖에 사료되지 않는 것이다!

그러니 풍진이 분노할 수밖에.

풍진의 눈빛이 뜨거워졌다가 차갑게 가라앉았다.

"넌, 오늘 죽는다."

촤아아아……

풍진의 발아래에서부터 기의 그물이 홍오를 향해 뻗어나가기 시작했다.

*　　*　　*

꿩운은 반장한 채 위를 올려다보았다.

오롯하니 서 있는 윤언강은 가히 태산이다.

'태산을 넘을 수 있을까?'

사실 태산을 넘어야 한다는 거창한 치장은 필요 없다. 단지 세 걸음만 떼면 그뿐이다. 세상에서 가장 어려운 세 걸음을.

'검성은 어느 정도의 경지에 올라 있을까?'

일전에 문원은 독선이 기사탁연수에서 연의 극에 달한 무인이라 일러준 적이 있었다.

검성은 우내십존 중에서도 사실상의 최고수다. 공양간에서 전설의 공명검을 사용했다는 말을 들었으니 아마도 수를 바라보는 정도가 아니라 수의 단계에 섰는지도 모른다.

"나무아미타불. 소승이 그럼 오르도록 하겠습니다."

굉운은 공손하지만 비굴하지 않은 당당한 태도를 보였다.

윤언강이 미소를 머금고 말했다.

"흠. 아무리 놀이라고 해도 이곳의 주인에게 함부로 대하자니 마음이 편치 않군. 어서 오르게. 내 첫 걸음은 양보하는 셈 치겠네."

말이 양보한다는 것이지 정말 양보할 리가 없다는 것은 두 사람 다 알고 있다.

굉운이 구태여 질답 내기를 하자고 한 의도를 알고 싶은 정도일 것이다.

굉운은 곧 공력을 끌어 올렸다.

장을 맞대고 벌이는 구태의연한 내력 대결은 아니지만 이것 역시 순수한 내공의 대결이다. 내공과 빠른 대응이 승패를 결정하게 된다.

굉운이 천천히 걸음을 떼었다.

윤언강이 굉소 때와 달리 소매를 슬쩍 펄럭였다.

윤언강의 소매에서 가벼운 바람이 인다.

그것이 열 계단을 지나 굉운에게 도달했을 때에는 지독한 광풍이 되어 있었다.

굉운의 승포 자락이 마구 펄럭인다.

그의 뒤쪽에서 대기하고 있는 나한승들에게는 조금의 영향도 없는데 굉운 혼자만 바람의 영향을 받고 있다.

가공할 만큼 기를 다루는 능력이 뛰어나다.

굉운의 승포 자락은 이제 펄럭이는 정도를 넘어서서 지독하게 나부낀다.

굉운이 아무것도 하지 않을 리가 없다. 굉운도 필사적으로 호신기를 펼쳐 대항하고 있을 터였다.

그런데도 승포는 가만히 있질 않는다.

찌익!

마침내 반장하고 있던 소매의 팔뚝이 거칠게 찢겨 나갔다. 그를 시작으로 옷 여기저기가 뜯어진다.

굉운이 일기가성으로 기합을 지르며 박수치듯 합장했다.

"합!"

손에 있던 염주알이 사방으로 튕겨져 나가며 굉운의 옷이 한순간 부풀었다.

팡!

그리고 굉운은 겨우 한 걸음을 내디딜 수 있었다. 두 걸음도 무리였다. 한 걸음을 내딛는 것만으로도 얼마나 공력을 끌어올렸는지, 굉운의 이마에 송골송골하니 땀이 맺혔다.

한 걸음 올라선 굉운이 가사를 추스르며 반장했다.

"양보해주시어 감사드립니다."

봄날 눈 녹듯 광풍이 사라졌다.

"고마워할 필요 없네. 그래, 내게 궁금한 것이 무언지, 나는 그게 더 궁금하군."

굉운이 잠시 눈을 감았다 떴다.

"과거……."

그 한마디에 윤언강의 눈빛이 변한다.

굉운이 말을 이었다.

"검성 어르신께서 홍오 사숙과 맺은 연은 어떠한 것이었습니까?"

윤언강이 너털웃음을 터뜨렸다.

"하필이면 가장 별것 아닌 일로 얽힌 내게 그것을 묻는군."

"내기는 내기입니다."

윤언강이 긴 수염을 매만지며 입을 열었다.

"홍오와 나는 무공에 대한 견해가 서로 크게 달랐네. 하여 추후에 누가 옳은가 제자를 키워 대련을 시켜보기로 했지."

"그것은 사람들이 말하는 이유이지요. 제가 알고 싶은 것은 그보다 더 깊은 이유입니다."

"허어, 사람들이 말하는 이유가 궁금한 게 아니었던가? 하지만 어쩐다? 벌써 한 가지 질문에 한 가지 답을 했으니 이미 계산은 끝났다지."

늙은 생각이 맵다더니 윤언강을 두고 한 말인 듯싶다.

"아무래도 그 이야기를 듣고자 한다면 한 계단을 더 올라야 할 것 같네만."

"그렇군요. 저도 다음번에는 좀 더 단순하게 여쭈어야 하겠습니다."

"그러시게. 하지만 아마도 그런 일은 일어나지 않을지도 모르겠네."

윤언강도 같은 수로 굉운에게 받아친다.

"최근에 내가 작은 깨달음을 얻었는데, 그 세상을 다 잡아먹을 듯했던 쌀벌레를 잡을 때 빼고는 거의 써 본 적이 없어서 말이네."

굉운의 얼굴이 살짝 굳었다.

공명검!

두 번째 계단부터 벌써 공명검을 사용하겠다는 것인가!

"방장 대사의 얼굴을 보니 무엇인지 벌써 아는 모양일세."

대기를 가르며 날아가는 검기와 달리 원하는 곳에서 공간을 격하고 튀어나온다는 검이다.

숨어도 소용이 없고 달아날 수도 없어 명계의 검이라 불리기도 한다는 그것이다.

그 전설의 검을 이제 받아야 한다. 굉운도 긴장이 되지 않을 수 없었다.

살짝 굳은 굉운의 표정을 보며 윤언강이 웃었다.

"아, 혹시 다시 물을 기회가 없을지도 모르니 미리 하나만 물어봄세."

굉운은 대답하지 않았다.

"방장 대사의 깊은 이목을 속이긴 쉽지 않구만. 내가 왜 홍오와의 연에 대해 숨기고 있는 것이 있다 생각하는가?"

굉운은 호흡을 가다듬으며 아무렇지 않다는 듯 대답했다.

"홍오 사숙과 가장 오랜 시간을 같이 지내셨기 때문이지요."

"음?"

윤언강에게조차 뜻밖의 대답인 모양이었다.

윤언강은 대외적으로 홍오와 가장 친한 벗이다. 홍오의 강호행에서 가장 오래 홍오와 어울린 이다.

홍오가 본산에 갇히게 된 후에도 몇 년에 한 번씩은 찾아왔고, 오지 않을 때에도 늘 안부를 묻는 사이였다.

그러나 굉운은 안다.

장건의 이야기는 윤언강을 통해 우내십존에게 퍼져 나갔다는 것을. 그가 아니었다면 지금의 이 사태까지 절대 오지 않았을 것임.

또한, 천하에 둘도 없는 말썽꾸러기이며 독존(獨尊) 아닌 독존(獨存)인 홍오는 그 누구와도, 심지어는 윤언강과도 결코 어울릴 수 없다는 사실을.

굉운이 입을 열었다.

"다른 분들께서는 고작 며칠, 혹은 아주 잠시의 연을 가졌을 뿐인데도 뼈에 사무치도록 원한을 가지시지 않았습니까. 하물며 가장 오래 지낸 분께서 아무런 원한이 없다면 그것이야말로 어불성설이지요. 오히려 저는 검성께서 일부러 더 가깝게 지내며 감시하고 있었던 게 아닌가, 하고 불손한 생각을 해보았습니다만."

굉운과 윤언강의 눈빛이 허공에서 마주친다.

서늘한 바람이 불었다.

"껄! 껄! 껄!"

이내 윤언강은 큰 소리로 웃었다.

"내가 방장 대사에게 빚을 졌군! 그런 식으로 대답을 할 줄은 생각도 못했어!"

"다음 계단도 양보하시겠습니까?"

"양보는 못하겠지만 조금 사정을 두도록 하겠네! 어쩐지 자네와의 세 번째 계단이 기대되는군!"

굉운은 희미한 미소를 머금었다.

그리고는 윤언강의 말이 끝나기도 전에 재빨리 걸음을 냈다.

*　　*　　*

장건은 멀뚱하니 서 있었다.

앞에서 오는 무당의 두 도인은 이미 본 적이 있는 얼굴이었다.

그런데 싸우자고 오는 사람치고는 너무 머쓱한 표정을 하고 있다.

"왜 그러세요?"

청우가 청인을 툭 쳤다.

청인이 쓴 입맛을 다시며 말했다.

"빈도가 진작부터 장 소협과 손을 겨루겠다고는 했으나……

이런 자리에서 만나게 되어 심히 유감일세."

장건이 머리를 긁적거렸다.

"정말 유감이라고 생각하세요?"

"그렇다네."

"그럼 안 만난 걸로 하면 되겠네요. 별로 어려운 것도 아닌데, 그 정도는 해드릴게요."

"그, 그건 아니 될 말이고."

"그럼 유감이라고 하지 마시든가요."

"장 소협⋯⋯."

장건이 불만 가득한 얼굴로 청인을 보았다.

"말은 그럴싸해도 어쨌든 저와 싸우겠다는 거잖아요. 결국은 그게 목적 아닌가요?"

청인은 할 말을 잃었다.

"미안하네. 사조님의 말씀이라 거역하기가 어려우이."

"저는 상관없어요."

청우가 발끈해 외쳤다.

"어린 도우(道友)가 명성을 좀 얻었다 하여 너무 건방지구나!"

"상관없다고 이해하는 건 전데, 제가 왜 건방진 거죠?"

"네 그 태도가 건방진 것이다!"

"제가 건방지든 착하든 결국 저랑 싸우겠다는 건 마찬가지잖아요. 아닌가요?"

장건은 딱히 화가 났다기보다는 좀 다른 이유에서 청우와 청인을 대하고 있었다.

'아니, 어차피 대화를 한다고 싸우지 않을 것도 아닌데 왜 굳이 이런저런 말을 해서 불필요하게 시간을 끈담?'

그러나 장건의 생각을 모르는 청우는 약이 올랐다.

"너 이 녀석! 사조님께서 너를 둘이 협공하라 하여 우리의 마음이 편치 않았던 거다. 한데 이제 보니 미안해할 필요가 전혀 없었구나!"

무당의 양대 중견 고수 청우와 청인이 동시에 장건을 상대한다!

그 말에 담긴 의미를 장건은 전혀 알 수 없었다.

"전에도 수십 명씩 덤비고 그랬는데 두 명이 뭐가 미안해요?"

"커억!"

청인은 입을 떡 벌리고 청우은 뒷목을 잡았다.

"이 녀석의 오만방자함은 하늘을 찌르고도 남겠구나!"

청인조차 황당한 얼굴로 장건을 바라보았다.

하지만 장건의 표정은 결코 오만하지도, 자만하고 있지도 않았다.

그게 왜 미안하냐는, 정말로 단순한 그 의미 하나만이 떠올라 있을 따름이었다.

『일보신권』 10권에서 계속

魔

마룡전

龍

김강현 신무협 장편소설

ORIENTAL FANTASY STORY & ADVENTURE

『투신』, 『마신』, 『천신』의 작가!
김강현의 신무협 장편소설

고독(蠱毒)에 조종당해 지옥에 내던져진 마룡단.
잔혹한 음모와 혈투 속에서도 그는 살아남았다!

잊혀진 마룡단의 생존자 강하진이 돌아왔다.
음모의 배후를 처부수고 복수를 이루리라!

★
dream
books
드림북스

이환 판타지 장편소설
FANTASYSTORY & ADVENTURE

숲의종족
클로네

『은빛마계왕』, 『정령왕 엘퀴네스』의 작가!
이환이 그려간 신비로운 숲의 종족 클로네!

태곳적부터 이어온 클로네와 마물족 간의 대결.
그리고 그에 얽힌 세계의 종말에 관한 비밀.

세계를 구하려면 클로네의 비밀을 찾아야 한다!
운명의 아이, 세이가 그 끝 모를 모험에 뛰어든다!

dream
books
드림북스

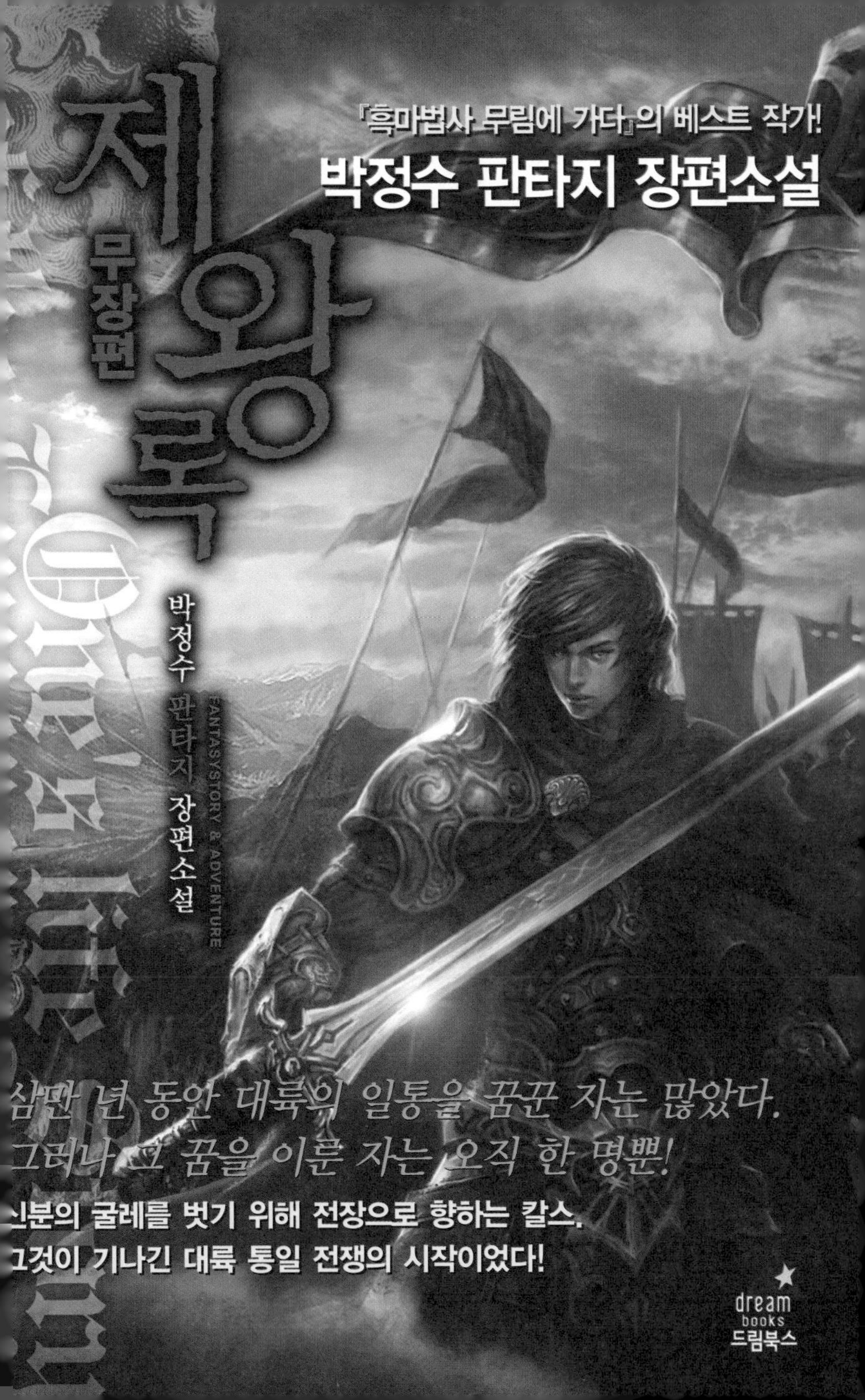